Die Königin

Vom

Campingplatz

Julia Schneider ist 21 Jahre alt, als sie Jarrar, den König von Barmylin, kennen und lieben lernt. Mit Freuden nimmt sie seinen Heiratsantrag an und folgt ihm nach Arabien. Doch drei Jahre später ist Julia ernüchtert. Sie erstickt in alten Sitten, Traditionen und Bräuchen. Als ihr Mann Jarrar dann auch noch einem Gesetz zustimmt, das ihm erlaubt, sich eine zweite Frau zu nehmen, da Julia nicht schwanger wird, reicht es ihr.

Julia flüchtet, zurück nach Deutschland. Zuflucht findet sie in der Nähe von Hamburg. Dort betreibt ihr Onkel einen Campingplatz mit Fest-Anwohnern. Was Julia jetzt erst merkt- sie ist schwanger. Julia beschließt, dies Jarrar zu verheimlichen und lebt mit ihrem Jungen auf dem Campingplatz. Ein Jahr später kommt ein neuer Mieter auf den Campingplatz. Er kauft sich eine altersschwache Hütte und zieht ein. Julia ist entsetzt, denn um den neuen Mieter handelt es sich Jarrar, ihrem Ex- Mann. Den König von Barmylin!

Jetzt beginnt ein Katz und Maus-Spiel um ihren Sohn, denn Jarrar darf von dem Baby nichts erfahren. Zu groß ist die Angst, Jarrar könnte ihn Julia wegnehmen.

Doch Jarrar ist aus anderem Grund hier- Er will seine Frau zurück!

Dieser Roman ist eine Liebeserklärung an mein Zuhause- Ein Freizeit- Campingplatz. Ich wohne seit über 15 Jahren in so einer wundervollen Gemeinschaft. Hier kennt Jeder Jeden, hier hilft Jeder Jeden. Gerade in diesen schweren Zeiten.

Prolog

Ich las den Brief von Onkel Theo ein drittes Mal. Er schrieb, wie gut es auf seinem Campingplatz lief. Er schrieb mir so lebendig über alle Bewohner, so, dass ich glaubte, sie alle zu kennen. Früher, als Kind, als meine Eltern noch gelebt hatten, war ich jedes Jahr bei ihm zu Besuch gewesen. Es war immer großartig gewesen. Was für schöne Ferien hatte ich dort verbracht.

Doch seit meiner Hochzeit hatte ich meinen Onkel, meinen einzigen Verwandten, nicht mehr gesehen, dachte ich traurig. Das war mir nicht erlaubt worden. Etwas, wie Sehnsucht nach meinem geliebten Onkel, kam in mir hoch. Onkel Theo hatte mich jetzt erneut zu sich eingeladen. Doch das war unmöglich, ich war hier jetzt Königin. Die wichtigste Frau um Land. Ich konnte nicht einfach nach Niedersachsen fliegen und, dem König völlig unbekannte, Verwandte besuchen. Wahrscheinlich noch ohne Leibwächter. Das würde mein Mann nie erlauben. Dazu kannte ich Jarrar gut genug. Jetzt kamen Nachrichten. Das war wichtig. Neugierig lauschte ich dem Sprecher:

„Herber Schlag für unsere allseits beliebte Königin Kira! König Jarrar hat dem Gesetz zugestimmt! Jetzt ist der Weg frei für ihn, sich eine Zweitfrau zu nehmen. Da die Ehe unseres geliebten Herrscherpaars seit drei Jahren ohne Nachkommen ist, wird der Druck auf unseren König immer größer. Meine lieben Hörer. Wir alle lieben unsere Königin Kira. Wie wird sie jetzt reagieren? Hoffentlich verlieren wir nicht unsere geliebte Königin!" Die Stimme des Mannes klang ehrlich besorgt. Erschüttert sank ich auf das Bett.

qqqqqqqqqqqqqqqqqqqqqqqqqqqqqqqqqqqqqqqqqqqqqqqqqq

Traurig und frustriert schaltete ich das hochmoderne Radio gleich darauf aus und warf weitere Kleidung in einen kleinen Koffer, der halb gepackt auf meinem Bett lag. Wütend wischte ich mir heiße Tränen aus dem Gesicht. So also fühlte sich Verrat an. Tiefster Verrat an meinen Herzen, dachte ich bitter. Mein geliebter Ehemann hatte dem Gesetzentwurf zugestimmt. Hatte er mir nicht gestern noch versprochen, sich dagegen zu wehren? dachte ich wütend. Wollte er nicht alles tun, um das zu verhindern? Er hatte mir doch geschworen, dass ich seine einzige Frau bleiben würde. Doch anscheinend war der Duck der Minister zu groß gewesen, dachte ich traurig.

Nun, jetzt musste er die Konsequenzen tragen, dachte ich. Unendlich traurig legte ich meinen leichten Schleier ab und faltete ihn sorgfältig zusammen. Der Schleier, der mich als verheiratete Frau auswies. Der mich dazu verdammte, meinem Mann zu gehorchen und ihm zu Diensten zu sein. Ich knurrte, als ich zurückdachte, wie Jarrar mir den Schleier feierlich umgelegt hatte. Damals vor drei Jahren bei unserer Hochzeit. Seitdem musste ich den Schleier immer über mein Haar legen, wenn ich meine Gemächer verließ. Einzig meine persönliche Bedienstete oder Jarrar durften mein Haar unbedeckt sehen. Der Schleier, ein Symbol der Herrschaft des Mannes über seine Frau.

Ein edler, teurer Schleier, wunderschön bestickt, mit winzig kleinen Edelsteinen besetzt. Zu elegant für mich. Viel zu elegant für eine arme Kunststudentin. Er hätte der eingebildeten Patricia mit ihrem langen, glänzenden, schwarzen Haaren, wesentlich besser gestanden, dachte ich und erinnerte mich an deren hasserfüllten Blick damals. Die widerliche Frau hätte mich damals am liebsten ermorden lassen, als ich hier, unverhofft, an der Hand von Jarrar, aufgetaucht war. Unwissend und naiv. Was war ich damals verleibt gewesen. Bis ich auf Patricia traf. Sie war damals die auserwählte Braut von Jarrar gewesen. Die perfekte Frau. Ihr Leben lang auf diese Rolle erzogen. Das Parlament hatte sie dem König ausgesucht. Für die Trauung der beiden war eigentlich alles geplant gewesen. Man hatte nur auf Jarrars Rückkehr gewartet. Doch dann waren wir uns begegnet.

Der König von Barmylin und die kleine, unbekannte, Kunststudentin aus Deutschland. Es war bei uns damals Liebe auf dem ersten Blick gewesen. Der große, dunkeläugige Mann mit der langen, schwarzen Haarpracht und die kleine, schmale, blonde Studentin aus Deutschland. Er hatte mich mit hierhergebracht und geheiratet. Was war ich damals naiv gewesen. Ich hatte doch keine Ahnung vom Leben im Osten von Arabien gehabt. Von den Traditionen und Vorschriften. Alles, was ich hatte, war meine große Liebe zu Jarrar. Jetzt zog ich mein langes Kleid aus und suchte meine alte Jeanshose im Schrank. Eins der wenigen Sachen, die ich behalten hatte.

Ich war jetzt 24 Jahr alt. Jetzt, nach drei Jahren, stand meine Ehe endgültig vor dem Aus.

Allerdings war ich diejenige, die die Scheidung wollte. Nie würde ich die Zweitehefrau spielen, immer im Schatten einer anderen leben, dachte ich. Im Schatten von Patricia. Sie würde im Scheinwerferlicht glänzen, während ich hier, irgendwo im Palast versteckt, vor die Hunde ging. Bald würde sich niemand mehr an mich erinnern. Ich sah mich um. Spätestens, wenn die andere Frau schwanger war, müsste ich meine Herrscher-Gemächer hier räumen und ihr überlassen, dachte ich bitter. Besser, ich räumte sie freiwillig.

Die Zwischentür, die meine Gemächer von Jarrars Räumen trennte, ging jetzt auf. Wütend kniff ich die Lippen zusammen. Mein lieber, Noch-Ehemann, erschien. Er durfte mich jederzeit, ungefragt, ohne zu klopfen, besuchen. Ich dagegen, musste jedes Mal um Erlaubnis fragen, wollte ich seine Gemächer aufsuchen. So schrieb es ein superaltes Gesetz vor und es wurde sich auch heute noch darangehalten. Wieder knurrte ich leise, etwas dass ich mir in den drei Jahren hier angewöhnt hatte, um meinen Unmut nicht laut zu äußern. Denn das hatte mir zu Anfang meiner Ehe schon genug Ärger eingebracht. Ich hatte gelernt zu schweigen. Mittlerweile hatte ich bereits ein Magengeschwür, dachte ich. So viel, wie ich hier immer schlucken musste.

„Was tust du da, Kira!" schnauzte Jarrar mich auch umgehend an. Er sah mich an. Ohne Schleier, in Jeanshosen. „Wonach sieht es aus, Hoheit! Ich verlasse dich!" schnauzte ich mutig zurück. Ich schrie tatsächlich den König von Barmylin an! Auch das kam einem Hochverrat gleich, dachte ich frustriert. Er könnte mich dafür verhaften lassen und niemand würde Fragen stellen.

Der Mann, den ich liebte und wahrscheinlich immer lieben würde, kam zu mir und riss mich an sich. „Das wirst du nicht tun. Du wirst mich nicht verlassen." schrie er wutentbrannt. Er war wütend, dachte ich. „Und ob ich, dass tun werde!" schrie ich ebenso laut zurück. „Du hast heute das Gesetz verabschiedet, dass dich berechtigt, eine zweite Frau zu heiraten! Und es wird nicht lange dauern und dann trittst du mit Patricia vor den Altar! Vielleicht wartet sie vor dem Altar auf dich!" schrie ich frustriert. „Wahrscheinlich sucht sie schon einen Friedensrichter. Du solltest dich umziehen, statt mich aufzuhalten." Ich machte mich los und warf weitere Kleidung in den Koffer.

Geschockt kam Jarrar zu mir. „Nur weil ich dem Gesetz zugestimmt habe, heißt es nicht, dass ich mir eine zweite Frau nehmen werde! Ich habe damit nur Zeit geschunden. Das habe ich für dich getan." schrie Jarrar und kippte meinen Koffer aus. Wutentbrannt warf er die Kleidung durch den Raum.

Jetzt schossen mir die Tränen in die Augen. Dabei wollte ich doch stark bleiben. „Wir sind seit drei Jahren verheiratet, Jarrar! Und ich werde und werde nicht schwanger! Wir haben uns beide untersuchen lassen. Wir sind beide gesund. Wir wissen nicht, woran es liegt. Doch das Parlament drängt auf einen Thronfolger. Uns läuft die Zeit weg. Das weißt du genau!" schrie ich und wischte mir die Tränen aus dem Gesicht. Dann bückte ich mich und sammelte meine Kleidung wieder ein. Jarrar stand über mir, die Hände zu Fäusten geballt. Wütend, dass ich diese Arbeit nicht einer Dienerin überließ. Doch diese Zeiten waren für mich endgültig vorbei, dachte ich wieder.

Mein Mann fluchte unanständig auf Arabisch „Ich will keine andere Frau heiraten, Kira. Ich will nur dich. Du bist alles, was ich brauche!" schrie Jarrar nun wieder und riss mich hoch. „Du bist alles was ich will in meinem Leben!" schrie er heiser. Er hielt mich grob fest. Es tat weh, doch ich unterdrückte den Schmerzensschrei.

Ich versuchte, mich aus seinem Griff zu lösen. „Und doch wirst du es tun! Du wirst wieder heiraten! Patricia drängt doch gerade zu, nach dir. Jeden Termin nimmt sie an deiner Seite wahr und lässt sich bereits als zukünftige Mutter des Kronprinzen feiern. In ihrem letzten Fernseh-Interview hat sie doch bereits verkündet, dir einen gesunden Nachkommen schenken zu können!" antwortete ich bitter.

Damit traf ich einen wunden Punkt. Denn mein Mann sah nur die Freundin in der Frau. Ihre Niederträchtigkeiten bemerkte er nicht. Typisch Mann, dachte ich bitter. Und richtig. „Sie hilft mir nur bei öffentlichen Auftritten, da du dich ja lieber im Palast versteckst, stattdeinen Pflichten nachzukommen." schrie er. Dann griff er nach mir. „Patricia ist etwas extrovertiert. Sie steht gerne im Rampenlicht und redet viel Unsinn. Was hörst du auf das dumme Gerede dieser Frau!" schrie Jarrar jetzt und trug mich zum riesigen Bett. Er warf mich darauf und zerrte mir die Jeans über die Hüften. Ich strampelte wie verrückt und versuchte, mich zu wehren. Selbst das war strafbar, dachte ich plötzlich. Man durfte sich dem König nicht verweigern. Doch das hier ging zu weit. So brutal war mein Ehemann noch nie gewesen. Mein Widerstand machte ihn unglaublich zornig. Er fing meine Hände und hielt sie über meinen Kopf fest. Dann zerriss er mit der anderen Hand meine Bluse und senkte seinen Mund auf meine Brüste. Er leckte und sog hart an den Warzen. Ich schrie auf, doch das störte ihn nicht. Seine Hand wanderte tiefer und spreizte meine Beine. Er schlug mir schmerzhaft auf den Po, als ich mich weigern wollte. Sein Kopf verschwand zwischen meinen Beinen, ich stöhnte heftig. Das hatte er noch nie getan, konnte ich flüchtig denken. Seine Zunge verwöhnte und bestrafte mich gleichzeitig. Mein Kopf flog unkontrolliert hin und her. Was für unbekannte, wunderschöne Gefühle erweckte er denn in mir, dachte ich flüchtig. Mein Denken setzte aus, als ich voll Lust aufschrie. So wild und hart hatte Jarrar mich noch nie geliebt. So voller Leidenschaft. Immer war er sanft und liebevoll gewesen.

Doch heute vergaß er sich voller Wut und Zorn. Seine Zunge schob sich schnell in meine Öffnung, immer tief rein und raus. Ich schrie voller Erregung und Lust. Dann explodierte ich in einem

Farbenmeer von Gefühlen. Noch nie hatte ich solch einen heftigen Orgasmus gespürt. Ich wurde nass und weich. Jarrar schob seinen Kaftan hoch und legte sich auf mich. Ich wollte wegrutschen, doch wieder riss er mich zu sich. Ich konnte mich nicht wehren. Dann legte er sich auf mich und schob sich hart und tief in mich. Ohne Rücksicht. Wieder schrie ich auf, doch weniger aus Scham, denn aus Erregung. Meine Zähne bohrten sich in seine Schulter, als er sich heftig zu bewegen begann. Meine Lust schlug so hohe Wellen, dass ich fast ohnmächtig wurde. Jarrar liebte mich. Immer wieder. Tief und hart. Ich schlang meine Beine um ihn und hielt ihn fest. „Ich verbiete dir, mich zu verlassen" stöhnte Jarrar laut. Dann stieß er sich tief in mich und entleerte sich. Ich spürte seinen Erguss und kam zu einem weiteren Höhepunkt, der mich lange bocken und schreien ließ. Fest umschlungen von Jarrar. Dann blieb ich ermattet unter ihm liegen. Ein breites Grinsen in meinem Gesicht, verriet mich. So etwas unglaublich Schönes hatte ich noch nie erlebt. Der Sex mit Jarrar war immer gut gewesen. Er war mein erster und einziger Mann gewesen. Immer war er sanft und fürsorglich dabei gewesen. Damals, als er mich entjungfert hatte, hatte er sich viel Zeit gelassen, hatte eine

Menge Geduld bewiesen. Doch, dass eben jetzt, war der schiere Wahnsinn gewesen, dachte ich. Bis eben hatte ich nicht gewusst, wie gut Sex wirklich sein konnte. Schade, dass ich das erst jetzt erleben durfte, dachte ich traurig.

„Entschuldige bitte" sagte Jarrar jetzt leise, fast bedauernd. Der König entschuldigte sich bei mir? Dachte ich überrascht. Das sollte ich rot ankreuzen. „Ich habe mich vergessen. Ich wollte dich einfach nur bestrafen" gab er dann zu. Ich hatte meine Augen geschlossen. Um meine aufgewühlten Gefühle zu verbergen. So hätte er mich schon viel früher bestrafen sollen, ging es mir durch den Kopf, doch ich schwieg.

Ich schob Jarrar von mir herunter und setzte mich auf. Ich tat, als hätte mir das eben nichts bedeutet, doch lügen konnte ich noch nie gut. Jarrar spürte es sofort. „Sag, hat es dir gefallen, Königin?" fragte er jetzt und grinste, als er mein Lächeln sah. Seine Hand fuhr durch mein langes Haar. „Egal, was die Zukunft bringt, Kira. Du wirst immer meine erste Frau bleiben. Ich liebe dich, wie am ersten Tag." sagte er jetzt und da war es wieder. Sofort verschwand das Lächeln aus meinem Gesicht wieder.

Mir fiel wieder ein, weshalb mein Koffer halb gepackt auf dem Boden lag. Warum wir uns gestritten hatten. „Nein, das werde ich nicht! Ich will die Scheidung!" sagte ich hart und erhob mich. Ich zog die zerrissene Bluse aus und suchte mir aus dem Schrank eine neue. Jarrar räusperte sich dunkel. „Rede keinen Unsinn. Es wird keine Scheidung geben. Der König von Barmylin stimmt keiner Scheidung zu." sagte Jarrar jetzt gefährlich. Er hob seine Hand und schlug mir auf dem Po. „Bringe mir einen Whisky." Befahl er dunkel. Ich stockte kurz. „Egal ob du zustimmst. Ich werde trotzdem gehen, Hoheit" sagte ich ernst. „Ich werde nicht hierbleiben und zusehen, wie du eine andere fickst und bumst. Wenn du ihr ein Kind machst, ist sie automatisch die erste Frau an deiner Seite. Mutter des Thronfolgers!" sagte ich bitter. „Ich werde hier irgendwo abgeschieden, in meinen Gemächern sitzen und hoffen, dass du mich ab und zu besuchen kommst! Du wirst mich vergessen, kaum das du ein Kind hast! Dann existiere ich nicht mehr. Ich werde einer Polygamie nie zustimmen" Ich ging in den kleinen Raum neben meinem Bett und öffnete den Kühlschrank. Ich griff nach der Whiskyflasche, die immer für Jarrar bereitstand.

Jarrar lachte selbstbewusst. „Zum Glück hast du darüber nicht zu entscheiden. Du wirst mich nicht verlassen. Für alles gibt es eine Lösung! Ich werde Wachen vor deiner Tür abstellen. Du darfst deine Gemächer nicht mehr verlassen!" sagte Jarrar jetzt frustriert. Anscheinend fiel ihm wieder ein, wie stur ich sein konnte. Ich fluchte still und griff nach den Gläsern „Klar. Du kannst ficken, wen du willst und ich darf nicht einmal eine Freundin einladen, ohne deine Erlaubnis. Ich darf dich ja noch nicht einmal sehen, wenn mir danach ist!" sagte ich finster. „Alles hier ist genau geregelt. Sogar die Abende, wenn wir ficken, werden in deinem Terminkalender vermerkt. Und ich muss Buch führen, wann ich meine Blutung habe!" sagte ich bitter.

Ich griff in den oberen Schrank und holte eine Schachtel Schlaftabletten heraus. Die hatte ich mir neulich heimlich besorgt. Ich hatte es satt, mich jede Nacht in den Schlaf zu weinen, wenn mein lieber Ehemann mit seinen Freunden und Bekannten ausging, ich aber immer brav zuhause bleiben musste. Denn eine verheiratete Frau hatte da nichts zu suchen. Wie oft war bei Jarrars nächtlichen Ausflügen „unabsichtlich" Patricia aufgetaucht und anschließend neue Fotos der beiden in der Zeitung erschienen. Jedes Mal hatte Jarrar eine gute Ausrede dafür gehabt. Doch die wollte ich schon lange nicht mehr hören. Ich war nervlich am Ende. Ich musste endlich zu Ruhe kommen, dachte ich. Doch das begriff Jarrar nicht. Für ihn war alles in bester Ordnung.

Ich rührte drei Schlaftabletten in seinen Whisky und wartete einen Moment. Dann brachte ich ihm das Glas. Ich nippte an meinem Glas. Er jedoch, trank sein Glas in einem Zug aus. Er stellte das leere Glas beiseite und zog mich zu sich. Mein Glas fiel zu Boden und zerbrach, als Jarrar mich aufs Bett drückte. Er drehte mich um, so dass er auf meinem Rücken saß. Er rutschte tiefer, mich unter sich. Seine Hände umfassten meinen Po. Er massierte und schlug mich abwechselnd. Immer drei Schläge links, drei Schläge rechts, dann massieren. Ich schrie laut, es störte ihn nicht. Dann spreizte er meine Beine und setzte sich zwischen mich. Während er mich weiter auf dem Po schlug, schob er zwei Finger in mich. Ich bockte, stöhnte und schrie, während er seine Finger immer wieder in mich schob, tief, hart. „Oh Mann, was bist du nass" sagte Jarrar staunend. „So nass warst du noch nie" stöhnte er erregt. „Ich hätte früher wissen sollen, dass dir das gefällt." Er zerrte meine Kissen zu sich und schob sie mir unter den Bauch. Jetzt stand mein Hintern in der Luft. Ohne Rücksicht schob er sich jetzt tief in mich. Ich konnte kurz nicht atmen. So tief hatte ich Jarrar noch nie in mir gespürt. Er griff ein weiteres Kissen. Das schob er mir unter die Scham. Er kam noch tiefer in mich. Ich schrie unkontrolliert, ein riesiger Orgasmus hinderte mich am Denken. Jarrar stieß mich wieder hart, wild, schnell. Dann plötzlich, schob der mir seinen Daumen in den Po. Meine Rosette gab nach und der Daumen rutschte tief in mich. Ich schrie noch lauter. Mein Orgasmus schien nicht enden zu wollen. Ich lief aus, es störte mich nicht. Der Daumen in meinem Po, Jarras Glied hart vor Erregung tief in mir, ließen mich vor Lust fast ohnmächtig werden. Welle um Welle überrollte mich. Jetzt stieß er schneller, tiefer zu und entleerte sich mit einem dumpfen Aufschrei in mir. Dann zog er seinen Daumen aus mir. Fast bedauerte ich es. Es hatte sich so gut angefühlt. Jarrar ließ von mir ab. Er rollte sich neben mich und strich mir das lange Haar aus dem geröteten Gesicht. Dann drehte er mich zu sich und wischte mir die Tränen aus dem Gesicht. „Das hätte ich schon viel früher mit dir machen sollen. Es gefällt dir ja, wenn ich dich so hart ficke" sagt er leise, staunend, fast ungläubig. Dann gähnte er heftig und ihm fielen die Augen zu. Die Schlaftabletten wirkten, seine königliche Hoheit Jarrar schlief fest. Auch wenn ich darauf gewartet hatte, so war ich jetzt unendlich traurig „Lebewohl mein König. Ich werde dich immer lieben, egal, was kommt" flüsterte ich und unterdrückte meine Tränen. Zum Weinen blieb mir noch genug Zeit.

Ich erhob mich und verschwand ins Bad. Dann zog ich mich wieder an, nahm meinen kleinen Koffer und schlich die Treppe herunter. In Jarrars Büro fand ich meinen Ausweis im Tresor. Was für ein Glück, dass er mir damals den Code verraten hatte, als er mir meinen Ausweis abgenommen hatte, dachte ich. Es hatte zum ersten richtigen Streit geführt damals, überlegte ich grimmig schmunzelnd. Ich hatte mich solange geweigert, meinen Ausweis in den Safe zu legen, bis ich die Kombination wusste. Es war wohl das erste Mal gewesen, dass ich Jarrar widersprochen hatte. Und das in seinem Land! Niemand widersprach Jarrar, dachte ich wieder frustriert.

Ich stutzte plötzlich. Es lagen zwei Ausweise für mich im Tresor. Der eine Ausweis lief auf seine königliche Hoheit, Kira von Barmylin, und der andere, das war mein alter Ausweis. Ausgestellt für eine Julia Schneider aus Deutschland. Ich atmete erleichtert auf. Den alten Ausweis nahm ich an mich. Mein Name war Julia Schneider. Ich war nie wirklich Königin Kira gewesen, dachte ich bitter. Den Namen hatte man mir hier im Land gegeben, da dem Parlament Julia zu profan gewesen war. Nicht gut genug für die Frau des Königs. Nicht elegant genug für ein Staatsoberhaupt! Schnell rief ich mir ein Taxi.

Bereits eine Stunde später saß ich im Flugzeug, Richtung Deutschland. Aus, dem immer warmen Süden, in den kalten Norden. Zurück in meine wirkliche Heimat. Zurück zu meiner Familie. Nicht im superteuren Privatflieger, der für die königliche Familie immer bereitstand. Aufgetankt und vorbeireitet. Darauf wartend, das König Jarrar auf irgendeinen Staatsbesuch flog. Nein, ab jetzt war ich eine kleine, einfache Studentin, auf einen der billigsten Plätze im Flugzeug. Ich hatte Glück gehabt, überhaupt noch einen Flug bekommen zu haben.

Nur mit Mühe unterdrückte ich die Tränen. Zum Weinen würde mir noch genug Zeit bleiben. Ich rollte mich auf meinem engen Sitz zusammen und schloss müde meine Augen. Der Flug würde lange dauern. Erinnerungen kamen in mir hoch.

Ganze 21 Jahre war ich damals gewesen. Eine kleine, arme Kunststudentin, die in der Kölner Innenstadt gesessen hatte, um Bilder von Passanten zu malen. Damit hatte ich mein Geld aufgebessert. Ich hatte gerade ein Bild von einem kleinem Mädchen fertig, als ich mich beobachtet fühlte. Ein junger Mann, Mitte zwanzig, saß auf der Bank mir gegenüber und sah mir fasziniert zu. Er sah umwerfend gut aus. Groß, durchtrainiert, glänzende, lange Haare, ordentlich zu einem Zopf geflochten und unendlich schwarze Augen, die mich an Kohle erinnerten. Fast augenblicklich war ich rot geworden. Der Mann beobachtete mich, eine kleine, unscheinbare Frau. Warum ausgerechnet mich? Ich war weder besonders schön, noch war ich gutgeformt. Doch der Mann ließ mich nicht aus den Augen.

Ich ignorierte ihn, so gut ich konnte. Fast eine Stunde. Doch er blieb sitzen und sah mir weiter zu. Auch als ich keine Kundschaft hatte. Ich hatte spontan zum Bleistift gegriffen und den Mann porträtiert. Es war mir sehr gut gelungen, musste ich wieder denken. Dann war ich aufgestanden und hatte es ihm geschenkt. Ganz gegen meine Art. Der Mann war sehr erstaunt darüber gewesen. Er hatte mir einen großen Geldschein hingehalten. Zu groß für mich, ich hatte abgelehnt. Ich war dann Nachhause gegangen. Mir gewiss, den Mann nie wieder zu sehen. Einer von hunderttausenden Touristen in Köln.

Doch am nächsten Tag war der Mann wieder dort gewesen. Schon auf mich wartend. Er war zu mir gekommen und hatte mir stolz das gerahmte Bild gezeigt. Er hatte mich nicht angesprochen, doch wieder unwahrscheinlich charmant gelächelt. Er hatte mit seinen dunklen Augen gezwinkert und seine langen, schwarzen Haare, zu einem losen Zopf gebunden, warf er in den Nacken. Ich hatte überlegt. Er schien kein Deutsch zu sprechen. Also sprach ich ihn in Englisch an. Er antwortete und sagte, er hieße Jarrar. Bewundernd hatte er mein langes, blondes Haar berührt. Es hatte mich nicht gestört. Merkwürdig, denn sonst war ich doch immer sehr schüchtern gewesen, erinnerte ich mich jetzt.

Dann hatte ich eine Eingebung. „Kommst du aus Arabien?" sprach ich ihn dann auf arabisch an. Jarrars faszinierter, ungläubigen Blick würde ich wohl nie vergessen, dachte ich jetzt und schluckte tief. „Du sprichst ja meine Heimatsprache!" hatte er überrascht gesagt. Ich hatte genickt und ihm erklärt, dass ich eine internationale Schule besucht hatte. Leistungskurs Arabisch. Mein Vater war Angestellter der Botschaft in Berlin gewesen. Dort war ich aufgewachsen. Jarrar war begeistert gewesen. Eine blonde Deutsche, die perfekt arabisch sprach. Er hatte mich spontan zu einem Kaffee eingeladen. Einen arabischen Kaffee, schwarz und stark. Ich erinnerte mich gut. Wir waren seit dem Tag unzertrennlich gewesen. Nichts und niemand hatte uns auseinanderbringen können. Zwei Seelen, die sich gefunden hatten. So hatte Jarrar es genannt.

Im Nachhinein hätten mir die drei Kleiderschränke von Männern auffallen müssen, die uns immer gefolgt waren. Doch dazu war ich zu verliebt gewesen damals. Zu verliebt und zu naiv. Fast drei Wochen waren unsere Treffen privat geblieben, bis ein neugieriger Reporter uns fotografiert hatte und mein Bild plötzlich in allen Zeitungen war. Bis zu dem Tag hatte ich nicht gewusst, wer der junge Mann wirklich war, mit dem ich meine gesamte Freizeit verbrachte. Man, war ich damals wütend gewesen. Jarrar hatte mich betrogen, so dachte ich damals. Er spielte nur mit mir!

Ich hatte Jarrar davongejagt, hatte nichts mehr wissen wollen, von ihm. Doch er war so hartnäckig geblieben. Er hatte mich von seiner Liebe überzeugt und mir einen romantischen Heiratsantrag gemacht. Was war ich damals doch verliebt gewesen. Verliebt und naiv. Der Himmel hatte voller Geigen gehangen, jedenfalls für mich, als ich in dem kleinen Königreich angekommen war. Umhüllt von einer rosaroten Wolke. Doch dann war ich plötzlich gefangen gewesen, Gefangen in Regeln, Vorschriften und Traditionen. Ein wahrer Kulturschock für eine unabhängigen, moderne Deutsche. Es war die Hölle! Ich hatte mich wirklich bemüht, hatte mir Mühe gegeben, mich anzupassen. Schließlich liebte ich Jarrar über alles. Doch, ich war von einem Fettnapf ins nächste getrampelt. Immer direkt, volle Fahrt voraus, rein ins Näpfchen. Nichts ließ ich aus! Und diese widerliche Patricia, die Frau, der ich den begehrten Mann ausgespannt hatte, half kräftig mit dabei.

Jetzt, drei Jahre später, war diese Frau endlich am Ziel ihrer Träume. So sehr Jarrar und ich uns auch bemüht hatten, ich konnte einfach nicht schwanger werden. Egal, was wir versuchten. Vielleicht hätten wir uns lieben sollen, wie letzte

Nacht, dachte ich jetzt bitter. Das hatte mir sehr gut gefallen. Bis dato hatte ich nicht gewusst, wie schön Sex wirklich sein konnte. Schließlich war Jarrar mein erster und einziger Mann gewesen. Stets hatte er mich liebevoll behandelt. Geduldig und sanft. Auch beim Sex. So wie heute, ich wusste nicht, dass Jarrar zu so viel Leidenschaft fähig war! Doch, das hatte mir wirklich gefallen. Ein wohliger Schauer lief über meinen Rücken, als ich an unseren letzten Sex zurückdachte. Unser allerletzter Sex, dachte ich jetzt bitter.

Jedenfalls hatte ich heute Nacht aufgehört zu kämpfen. Gestern Nachmittag hatte Jarrar das Gesetz geändert. Er durfte sich jetzt auch eine zweite Frau nehmen. War die erste Frau unfruchtbar, hatte Jarrar das Recht, einer anderen Frau, Kinder zu machen. So einfach war es für die Männer in Arabien, dachte ich wütend. Ihnen waren die Gefühle der Frauen völlig egal. Die Frauen hatten sich zu fügen. Ich grunzte wütend. Und die Zweitfrau wartete schon. Denn die liebe Patricia würde gerne ihre Beine breit machen, dachte ich wütend. Wenn sie das nicht bereits schon gemacht hatte. Vielleicht war sie ja bereits schwanger von Jarrar und deshalb hatte mein Noch- Ehemann dem Gesetz jetzt so schnell zugestimmt. Mir wurde regelrecht schlecht, als mir es vorstellte. Die widerliche Patricia, hochschwanger, an Jarrars Seite. Mit dem Kind, dass wir uns so sehr gewünscht hatten. Ihren wachsenden Bauch in jede Kamera haltend, die zu sehen war. Nur, um mich zu demütigen. So, wie immer, seit dem Tag unseres Kennenlernens.

Erschöpft schlief ich endlich ein.

aaaaaaaaaaaaaaaaaaaaaaaa

Eine Flugbegleiterin kam nun zu meinem Sitz und deutete eine kleine, ungeschickte, Verbeugung an. Ich ahnte, was kommen würde. Träge hob ich meinen Kopf. „Hoheit Kira? wir haben ein großes Problem. Ihre Hoheit, König Jarrar von Barmylin, ist am Telefon im Cockpit. Er schreit, rasend vor Wut, und verlangt, die Maschine soll auf der Stelle umdrehen. Er droht mit internationalen Konsequenzen, falls wir es nicht tun. Der Pilot ist ratlos." Sagte die junge Frau angsterfüllt. Wieder verbeugte sie sich ungeschickt.

Jarrar war also wieder wach und hatte meine Flucht bemerkt, dachte ich finster. Vielleicht wären vier Tabletten besser gewesen. Doch das war mir als zu viel erschienen. Nicht, dass man mir einen Mordversuch unterstellte. Ich sah auf meine Uhr und überlegte. „Über welchen Luftraum sind wir?" fragte ich die Frau. Sie ging davon und kam umgehend zurück. „Wir sind in europäischen Luftraum" gab sie dann Auskunft. Zufrieden nickte ich jetzt. „Bestellen sie seiner Hoheit, König Jarrar, seine zukünftige Ex- Frau, Julia Schneider, sei unterwegs ausgestiegen" sagte ich schmunzelnd und rollte mich wieder zusammen. Die Frau sah mich verwirrt an. Mit der Antwort hatte sie anscheinend nicht gerechnet. „Aber das ist doch ein Direktflug" widersprach die Flugbegleiterin. Ich seufzte nur. „Ganz genau," sagte ich nur und drehte mich zum Fenster. Der Sitz war unbequem, nichts im Vergleich zu dem Privatjet auf unserem Flugplatz in Barmylin.

Wieder wurde ich leicht angestupst. Verärgert drehte ich mich um, ich war müde und traurig, der Flug unendlich lang. Ein junger Mann stand vor mir. „Hoheit, ihr Mann schreit im Cockpit durchs Funkgerät und stört den Flugablauf massiv. Er verlangt, dass wir sie umgehend in die erste Klasse bringen. Dann verlangt er, dass wir sie am Flughafen festsetzen. Sein Privatjet ist bereits in der Luft, um sie in Berlin abzuholen" berichtete mir jetzt der nette Co- Pilot besorgt.

Ich seufzte erneut. Bestimmt hatte Jarrar bereits die Botschaft informiert und Sicherheitsmänner erwarteten mich am Gate. Dort würde meine Flucht also enden, dachte ich voller Angst.

Ich erhob mich und zog den Mann, samt den Flugbegleiterinnen in die kleine Bordküche. Es war eng aber egal. Ich holte tief Luft. Dann schüttete ich ihnen allen mein Herz aus. Ich berichtete ihnen vom neuen Gesetz und den tragischen Folgen für mich. Eine der Frauen zog mich in ihre Arme und schaukelte mich sanft hin und her. „Ich weiß, was sie durchmachen, Lady" sagte die Frau bitter. „Mein Mann hat mich verlassen, weil ich keine Kinder bekommen kann. Wenn ich vorstelle, ich sollte zusehen, wie eine andere Bitch von meinem Mann gebumst und schwanger wird! Und anschließend kommt er wieder zu mir." weiter sprach sie nicht. Alle anderen nickten ernst.

„Und dann wie eine Gefangene zurück geschleppt werden. Vielleicht noch eine Strafe erwartend! Erniedrigender geht es wirklich nicht mehr! Das kommt überhaupt nicht in Frage" sagte der Co-Pilot jetzt und grinste. Er sah mich kurz an. „Gaby, du siehst ihrer Hoheit am ähnlichsten. Du tauschst kurz vor Ankunft die

Kleidung mit ihr." Der Mann lachte und nickte. „Habt ihr noch etwas eleganteres als Jeans mit, Hoheit?" fragte er mich grinsend. „Denn die Idioten am Gate sollen sich gleich auf Gaby stürzen, damit wir Personal unbehindert an ihnen vorbeikommen." Sagte er weiter. Ich sah die Menschen um mich herum ungläubig an. „Das wollen sie für mich tun? Sie kennen mich doch gar nicht." fragte ich sie und Tränen der Erleichterung schossen mir in die Augen . Gaby lachte hell. Sie warf ihre blonden Haare in den Nacken. „Also ich freue mich auf das Abenteuer. Ich wollte schon immer mal Königin sein. Wenn auch nur für einen Tag" sagte sie fröhlich. Dann kicherte sie. „Aber Hände weg von meinem Verlobten. Sven gehört mir." sagte sie leicht drohend und wies auf den Co- Piloten. Und zum ersten Mal an diesem Tag konnte ich lachen.

qqqqqqqqqqqqqqqqqqqqqqqqqqqqqqqqqqqqqqqqqqqqqqqqqqqqqqqqqqqqq

Gaby verließ das Flugzeug als letzte Person. Sie trug den eleganten Sari, den ich mitgenommen hatte. Meine letzte Erinnerung an mein altes Leben. Dazu ein leichtes Tuch über den Haaren und dem Gesicht. Mehr aus Verkleidung als aus Tradition. Gabys Busen war größer, als meiner und der Sari spannte etwas, doch das fiel zum

Glück nicht weiter auf. Darauf würde niemand achten. Araber starrten Frauen nicht auf den Busen.

Vier bullige, streng aussehende Männer, standen an der Treppe des Flugzeuges und starrten zu Gaby hinauf. Sie blieb jetzt stehen und sah zu uns herüber. Ich, in ihrer Uniform, vom Co- Piloten untergehakt, verließ die Maschine durch den Gepäckraum. Zusammen mit dem anderen Flugpersonal. Gaby blieb lange, zögernd, stehen, um uns einen guten Vorsprung zu verschaffen. Sie spielte ihre Rolle perfekt, An der Frau war eine Schauspielerin verloren gegangen, dachte ich. Erst, als wir im großen Gebäude verschwunden waren, ging sie langsam sie Treppe herunter.

„Hoheit Kira, ihr Mann, König Jarrar, bittet sie, auf den Privatjet zu warten. Er bringt sie umgehend Heim" sagte jetzt einer der bulligen Männer und griff Gaby grob am Arm, als sie ausweichen wollte. Gaby verstand natürlich kein Wort Arabisch, doch sie lächelte nur. Widerstandslos ließ sie sich abführen.

„Was passiert jetzt mit meiner Verlobten? Wird sie verhaftet?" fragte mich der Co- Pilot besorgt. Er half mir, mein weniges Gepäck in seinen kleinen Wagen zu verfrachten. Er lieh mir sein Auto anstandslos. Einen Mietwagen zu mieten, wäre zu gefährlich gewesen und hätte die Männer schnell auf meine Spur gebracht.

Ich schmunzelte. „Ich denke, sie haben ihre Gaby schnell wieder, wenn mein Mann den Betrug bemerkt. Sie werden natürlich versuchen, Gaby auszufragen. Doch sie soll sich auf Paragraf 12 des Barmylin- Gesetzes berufen. Dann müssen die Männer sie umgehend gehen lassen." Erklärte ich dem Mann. „Es besagt, dass eine Frau nicht ohne männlichen Verwandten verhört oder festgehalten werden darf. Außerdem befinden wir uns auf deutschen Boden. Die Behörden sind alarmiert und werden bestimmt schon ihre Männer gesandt haben. Solch ein Aufruhr, wie mein Mann ihnen gemacht hat, bleibt nicht unbemerkt." erklärte ich schmunzelnd. Ich beugte mich zum Mann und küsste ihn sanft auf die Wange. „Danke für alles, Jens." Sagte ich. Dann fuhr ich vom Flughafen. Ich musste mich beeilen. Wenn Jarrar den Betrug bemerken würde, ließ er bestimmt das ganze Gelände durchsuchen. Voller Sorge fuhr ich los. Ich war lange kein Auto mehr gefahren, ich musste mich konzentrieren. Doch das lenkte mich von meiner

Trauer ab. „Rechts, Julia, wir fahren hier rechts"
sagte ich mir immer wieder.

Qqqqqqqqqqqqqqqqqqqqqqqqqqqqqqqqqqqqqqqqqqqqqqqqqqqqqqqqqqqqqqq

Gaby wurde in einen kleinen Raum geführt. Sie
zog sich den Schleier fest um ihr Gesicht. Sie
senkte ihren Blick, denn ihre Augen waren
strahlend grün, während meine dunkelblau
waren. Doch die Männer waren auf die
Verkleidung hereingefallen, dachte sie glücklich
und unterdrückte ein Kichern. Was für ein
Wunder. Kein Barmylin- Mann würde es wagen,
die Königin ohne Grund zu berühren.

Jetzt setzte man sie vor einem großen Rechner
und schaltete ihn ein. „Ihr Mann möchte sie
sprechen, Hoheit." sagte einer der Männer und
entfernte sich diskret. Gaby hatte ihn nicht
verstanden, doch gespannt wartete sie, was
passieren würde. Sie fand das alles zu spannend.

Jarrars Gesicht erschien auf dem Monitor. Er
hatte die Augen wütend zusammengezogen. „Du
kommst umgehend Nachhause!" schrie er, kaum,
dass Gabys Gesicht bei ihm zu sehen war. Dann
schrak er zurück. „Hallo, King, Ich verstehe sie
leider nicht. Aber wir können uns gerne auf
Englisch unterhalten" sagte Gaby fröhlich. Sie

nahm ihren Schleier ab. Die Männer im Raum schrien empört auf, als Gaby ihren Lockenkopf schüttelte. Verlegen wandten sie sich zur Wand. Die Königin ohne Schleier! Was für ein Skandal!

„Wer sind sie!" schrie Jarrar überaus wütend. Er schrie dann die Männer hinter Gaby auf Arabisch an. Sie zuckten mit jedem Wort mehr zusammen. Dann wandte er sich wieder an Gaby. „Sie werden bleiben und meinen Männern alle Fragen beantworten! Wo ist meine Frau. Königin Kira!" schrie er Gaby an. „Was haben sie mit meiner Frau gemacht!"

Gaby lehnte sich zurück und öffnete provokativ die oberen Knöpfe des Sari, um ihrem Busen etwas Luft zu verschaffen. Wieder schrien die Männer empört auf. Dann beugte sie sich zum Rechner. „Ihre zukünftige Ex- Frau lässt ihnen ausrichten, sie können sie mal gerne haben! Und ich soll mich auf Paragraf 12 ihres Landes berufen." Sagte Gaby lachend. Jetzt drehte sie sich zu den Männern hinter sich. „Ich sehe hier keinen männlichen Verwandten von mir. Außerdem haben meine Kollegen bereits das Außenministerium benachrichtigt!" sagte sie lachend. Wie auf Kommando klopfte es jetzt energisch an der Tür. Jarrar fluchte erneut in seiner Heimatsprache und war froh, dass die unbekannte Frau am Rechner ihn nicht verstand. Kira, seine Frau, seine Geliebte, seine einzige Frau für immer, war ihm entkommen. So war seine Kira- nein Julia, musste er sich sagen. Denn sie hatte bestimmt wieder ihren bürgerlichen Namen angenommen. Schneider, Julia Schneider. Wie sollte er sie unter dem Namen je finden, fragte er sich verzweifelt. Julia hatte doch bereits die Menschen im Flugzeug für sich gewonnen, so war sie, immer freundlich, ehrlich, und nett zu allen anderen Menschen. Das hatte ihn damals schon fasziniert. Jarrar war damals nach Deutschland geflogen, um Verträge zu unterschreiben. In vier Wochen hatte er seine langjährige Jugendfreundin Patricia heiraten sollen. Alles war strickt geplant gewesen. Er liebte Patricia nicht, aber das war wohl auch nicht wichtig, hatte er damals gedacht. Liebe war zweitranging in seiner Welt.

Er war damals durch Köln spaziert, gelangweilt, nicht wissend, was er mit seiner freien Zeit anfangen sollte. Am berühmten Kölner Dom war er stehen geblieben, um das Gebäude zu betrachten. Dann hatte er sie dort sitzen und zeichnen sehen. Seine Julia. Es war für ihn Liebe auf dem ersten Blick gewesen. Sicher, die Frau seines Lebens gefunden zu haben. Er hatte um Julia gekämpft und war so glücklich gewesen, als sie ihm nach Barmylin gefolgt war. Voller Liebe und Vertrauen zu ihm. Doch jetzt war das Glück zu Ende. Julia hatte ihn verlassen. Er hörte, wie sich seine Männer mit den Beamten der deutschen Polizei stritten. „Lasst die Frau gehen" befahl Jarrar erschöpft und schloss seinen Rechner. Diesen Kampf hatte er verloren.

2 Kapitel

Ein Jahr später

„Julia, kannst du mal nach Sam sehen? Er hat schon wieder Schwierigkeiten mit dem Strom" fragte mein Onkel und warf mir die Schlüssel für den Golfwagen zu. „Passt gut. JJ hat gerade gegessen und soll jetzt schlafen. Im Golfwagen schläft er immer gut" sagte ich fröhlich. Ich legte meinen kleinen Sohn in seine Tragetasche und deckte ihn liebevoll zu. Er sah mich mit seinen großen, schwarzen Babyaugen lächelnd an. Ebenso schwarze Augen, wie sein Vater, dachte ich glücklich. Jetzt strahlte mein Baby mich an. Seit ein paar Tagen konnte er das Lächeln kontrollieren, ich war stolz auf meinen kleinen Sohn. JJ war jetzt bereits drei Monate alt. Drei wundervolle Monate.

Ich schnallte die Tasche im Golfwagen fest und fuhr langsam über das riesige Gelände. Mein Sohn, mein kleines Wunder. Mein ein und alles. JJ hatte mir das Lächeln zurückgegeben, dachte ich jetzt. Ich dachte zurück, wie ich vor gut einem Jahr hier aufgetaucht war. Onkel Theo und Erika, seine Lebensgefährtin, hatten mich ohne viel Fragen bei sich aufgenommen. Sie hatten mir durch die schwierigen Monate der Trennung geholfen. Es war ein riesiger Schock für mich gewesen, als ich feststellte, ich war schwanger. Unser letztes Zusammensein, unser unglaublich wilder und Leidenschaftlicher Sex, hatte geschafft, was uns drei Jahre verwehrt geblieben war. Ich erwartete ein Baby von Jarrar.

Ich hatte mir einen Anwalt gesucht und die Scheidung gefordert. Jarrar hatte versucht, über den Anwalt an mich heranzukommen, doch der Mann war wirklich clever und hatte mich gut geschützt. Es wäre ein leichtes für mich gewesen, schwanger, wie ich gewesen war, zurück zu Jarrar zu gehen. Ich wäre mit Zuneigung und Stolz überschüttet worden! Doch der Mann hatte mich betrogen. Er hatte mein Vertrauen missbraucht und mich zur Zweitfrau abgestempelt! Einer Frau ohne Rechte, nur mit Pflichten!

Und neuerdings tauchten wieder viele Bilder von Jarrar und dieser dämlichen Patricia in den Medien auf. Das sollte ich mir erneut antun? Nein, auf keinen Fall! Mein Leben war jetzt frei, ich konnte gehen und bleiben, wo ich wollte. Ohne Parlament oder König, die Rechenschaft fordern würden. Mein Sohn sollte ebenso frei aufwachsen. Von mir erzogen und geliebt. Ohne Bodyguards und Kindermädchen, die ihn rund um die Uhr bewachten und verwöhnten.

Irgendwann würde ich Jarrar seinen Sohn präsentieren. Denn egal, wie viele Kinder er dieser widerlichen Patricia machen würde. JJ war sein Erstgeborener. JJ gehörte der Thron. Endlich, nach Monaten des Streits, hatte Jarrar der Scheidung zugestimmt, bestimmt auf Druck des Parlaments, dachte ich grimmig. Ich sah zu meinem kleinen Sohn. Ihm fielen jetzt langsam die Augen zu. JJ liebte das Fahren im Golfwagen.

Glücklich strich ich ihm das schwarze Haar aus dem Gesicht. Er sah seinem Vater so unwahrscheinlich ähnlich, dachte ich. Auch das laute Organ hatte er von Jarrar. Wenn JJ seinen Wut-Kopf hatte, brüllte er den ganzen Platz zusammen. Meistens ausgerechnet in der Mittagspause.

Wäre JJ in Barmylin geboren worden, würden sich jetzt drei Kindermädchen rund um die Uhr um ihn kümmern, dachte ich. Ich hätte kein Mitspracherecht in der Erziehung! Dann müsste ich sogar Jarrar um Erlaubnis fragen, wenn ich mein eigenes Kind sehen wollte. Ich schüttelte mich angewidert, als ich daran dachte. Patricia würde das natürlich gefallen, keine Arbeit mit den Kindern, aber jede Menge Ehre und Publizität. „Nein Danke. Nichts für uns JJ" sagte ich leise. Ich stoppte den Wagen und stieg aus. Sofort kam mir die schwarze Labradorhündin entgegen und steckte ihre Nase in den Wagen. Luna liebte JJ abgöttisch. Mein Sohn verzog sein Gesicht, als die Hundenase ihm anstieß. „Lass ihn schlafen, Luna" sagte ich und zog die Hündin beiseite.

 Sam kam nun aus seiner Hütte und strahlte mich an. „Hat Theo dich geschickt? Das ist gut. Mein

Wasserkocher hat mal wieder die Sicherung rausgehauen" entschuldigte Sam sich dann kleinlaut. Er war froh, dass ich hier war. Ich schimpfte nicht, so wie mein Onkel. Onkel Theo war herzensgut, doch er konnte es nicht leiden, wenn seine Bewohner sich mit altersschwachen Geräten in Gefahr brachten. Sam brauchte dringend einen neuen Wasserkocher, doch dafür fehlte dem Frührentner schlichtweg das Geld. So, wie vielen Bewohnern hier. Ich würde, wenn ich den Strom wieder eingeschaltet hatte, mal in unserem Lager nachsehen. Dort standen oft Geräte, die frühere Bewohner einfach zurückgelassen hatten. Vielleicht fand ich ja einen guten Wasserkocher. Sam kam zum Golfwagen und strich JJ über die Wange. „Unser Prinz wächst aber mächtig schnell" sagte er jetzt und grinste, als ich mein Gesicht verzog. Er sollte JJ nicht Prinz nennen. Sam war einer der wenigen, der mein dunkles Geheimnis kannte. Er hielt aber seinen Mund, dafür war ich ihm dankbar. Sam war es gewesen, der JJ auf die Welt geholt hatte.

Vor gut drei Monaten hatte ich die knallharten Scheidungspapiere erhalten. Auch, wenn ich es geahnt hatte. Es war trotz allem, ein Schock gewesen. Jarrar hatte mir sämtliche Titel und Geldmittel aberkannt. Ich war also mittellos. Dann war eine amtliche Schriftrolle dabei gewesen, in der er sich von mir lossagte. Wir waren auch nach dem arabischen Gesetz geschieden.

Der Schock war zu groß gewesen. Die Wehen hatten überraschend eingesetzt und JJ drängte vorzeitig auf die Welt. Fürs Krankenhaus hatte die Zeit nicht mehr gereicht. Erika erinnerte sich dann, Sam war ehemaliger Sanitäter. Sie holte ihn zu uns ins Haus. Er half JJ auf die Welt und rettete ihm das Leben. Das würde ich dem Mann nie vergessen, dachte ich.

Ich fuhr am Lager vorbei und fand tatsächlich einen Wasserkocher der einwandfrei funktionierte. Dann hielt ich im Büro an, um JJ bei Erika abzugeben. Mein Sohn hatte im Zimmer hinter dem Büro eine Wiege stehen. Seit ich hierhergekommen war, arbeitete ich für meinen Onkel, der einen riesigen Campingplatz mit fünfhundert Festanwohnern leitete. Er konnte fleißige, freundliche Hände brauchen und ich konnte Geld für mich und JJ verdienen. Außerdem kannte ich das riesige Gelände wie meine Westentasche. Ich war hier aufgewachsen. Ein unschlagbarer Vorteil.

„Ich bringe Sam einen neuen Wasserkocher vorbei" sagte ich zu Onkel Theo, nachdem ich JJ schlafen gelegt hatte. Mein Onkel nickte und hielt mir jetzt einen Ordner hin.

„Ich habe heute Morgen die 85 neu verpachtet. Netter Mann, Anfang dreißig. Fährt einen super alten VW Bus. Der Wagen sieht aus, als würde er gleich auseinanderfallen." Onkel Theo lächelte. „Hat aber den Kaufpreis und die Pacht, einschließlich Kaution, ohne mit der Wimper zu zucken, bezahlt" erklärte Theo ernst. Das war merkwürdig, dachte ich besorgt. Onkel Theo war immer zu gutgläubig. Ich schlug den Ordner auf. „Josef Schneider, merkwürdiger Name" sagte ich besorgt, Nachdenklich schloss ich die Augen.

. „Scheint ein Aussteiger zu sein. Lange Haare, allerdings sehr gepflegt. Gibt dem Typen eine Art „Fluch der Karibik" Look". Gewählte Aussprache mit leichtem Akzent." sagte mein Onkel lachend. „Er hat den Ordner mit dem Kaufvertrag vergessen. Bringst du den Ordner hin, wenn du so wieso in die Richtung fährst?" fragte er dann. Ich nickte. Der Mann hatte das letzte Grundstück, am

Waldrand gepachtet. Es lag sehr abgeschieden von den übrigen Häusern. Wahrscheinlich hatte mein Onkel recht, der Typ wollte seine Ruhe haben. Ich war neugierig auf den Kerl. Was für ein Typ war er denn, überlegte ich. Hoffentlich ein ruhiger Vertreter, niemand er Ärger machte. Das konnten wir hier nicht gebrauchen.

Ich fuhr also wieder los. Zum Glück regnete es heute nicht. Das machte die Sache leichter. Nicht alle Wege hier auf dem riesigen Hof waren gepflastert oder betoniert. Dafür fehlte meinem lieben Onkel das Geld. Doch die Pacht erhöhen, kam für ihn nicht in Frage. Er wusste, viele seiner alten Pächter lebten so wieso schon am Existenzminimum.

Ich brachte den Wasserkocher zu Sam und nahm seinen ausgedienten gleich mit, nicht, dass der Mann auf die Idee kam, den noch einmal zu verwenden. Dann fuhr ich zum Grundstück 85. Davor stand ein wirklich alter VW Bus. Er war mal blau gewesen. Jetzt leuchtete er in orange und grün. Soweit man es durch den Rost erkennen konnte.

„Hallo? Hallo, Herr Schneider?" rief ich laut und schlug gegen die Tür. Die Tür gab nach. Der Mann hatte nicht abgeschlossen. Musik scholl mir entgegen, laute Musik. Rockmusik der Extraklasse! Nun gut, er wohnte abseits der anderen und er war neu. Ich wollte nicht gleich schimpfen, dachte ich gutmütig. Er musste sich an die Regeln gewöhnen. Neugierig sah ich mich um. Die alte Einrichtung der Hütte, ein Überbleibsel des letzten Pächters, stand wieder richtig und sauber auf seinem Platz. Der Mann hatte also zu putzen begonnen, sehr löblich.

Ich ging weiter durch die kleine Küche und erstarrte, als ich einen teuren Kaftan über einem Stuhl hängen sah. Einen sehr teuren Kaftan. Ich konnte das nach drei Jahren in Barmylin beurteilen, dachte ich erschrocken. „Hallo!" rief ich jetzt wieder. Allerdings zögernd, unsicher. Ein schwerer Ball zog sich in meinem Magen zusammen. Eine Ahnung, dass ein Unheil folgen würde.

„Selber Hallo, hübsche Frau" hörte ich eine, mir unendlich bekannte Männerstimme sagen. Aus dem kleinen Bad kam jetzt Jarrar mit einer Klobürste in der Hand heraus. Er trug nur kurze Shorts und sonst nichts. Der König von Barmylin war fast nackt! Und unglaublich sexy. Mein Magen verkrampfte sich augenblicklich. Unfähig, mich zu bewegen, starrte ich meinen Ex- Mann an. Ich schüttelte ungläubig meinen Kopf.

„Jarrar" konnte ich endlich heiser herausbringen. Mein lieber Ex nickte wohlwollend. „Sie hat mich doch tatsächlich wiedererkannt" sagte er dann, in fast perfektem Deutsch und schwang die Klobürste wie einen Zauberstab über seine Schulter. Seine Stimme klang sarkastisch. Dann deutete er eine leichte Verbeugung an und drehte die Bürste wie ein Zepter in den Händen. „Willkommen in meinem neuen Königreich, Julia Schneider!" sagte er dunkel..

„Nein, du kannst nicht hier sein, das ist nicht wahr. Ich träume" sagte ich heiser. Ich schluckte, hustete und wandte mich panisch zur Tür. Zwei Sekunden später saß ich im Golfwagen und raste zurück zum Büro. Konnte der Golfwagen nicht schneller fahren? Ich nahm zwei Autos die Vorfahrt und wurde mit einem Hupkonzert belohnt. Es störte mich nicht!

Das durfte doch nicht wahr sein! Ich träumte, ich würde gleich aufwachen aus diesem Albtraum. Jarrar war hier? Er wohnte hier auf dem Campingplatz, mitten unter uns? Ihn, nur in kurzen Shorts zu sehen, hatte mir den Schock meines Lebens beschert. So sporadisch bekleidet, hatte ich Jarrar noch nie gesehen! Selbst die Tatsache, schwanger zu sein, hatte mich nicht so geschockt damals, dachte ich. Irgendwie hatte ich es damals schon geahnt schwanger zu sein, überlegte ich.

Doch jetzt musste ich mich auf das neue Problem konzentrieren. Jarrar war hier! Er sprach perfekt Deutsch. Er musste es in dem einen Jahr gelernt haben, überlegte ich Eine reife Leistung für den viel beschäftigten Mann. Warum hatte er das getan? Onkel Theo konnte sich einiges anhören. Der Mann war einfach zu dusselig. Er hatte wieder mal verpachtet, ohne sich die Papiere zeigen zu lassen. Mein lieber Jarrar, hatte meinen gutmütigen Onkel anscheinend mit seinem umwerfenden Charme eingelullt, dachte ich grimmig. Ganz bestimmt sogar. Ich kannte den Charme von König Jarrar zur Genüge!

Doch damit war jetzt ein für alle Mal Schluss. Mich würde er nicht wieder einwickeln. Ich war erwachsen geworden! Jarrar musste wieder verschwinden! Und zwar schnell. Er durfte auf keinen Fall hierbleiben. Das war zu gefährlich. Jarrar durfte nicht hinter mein Geheimnis kommen! Nicht auszudenken, wenn er auf JJ traf! Das durfte nicht passieren.

„Onkel Theo" schrie ich, kaum, dass ich das Büro betreten hatte. „Onkel Theo!" wiederholte ich laut. Mein Onkel erschien endlich und sah mich fragend an. „Sorge dafür, dass JJ ruhig bleibt. Ich denke, gleich wird hier ein VW Bus anhalten!" sagte ich streng. Mein Onkel legte seinen Kopf schief und sah zum Fenster, dort hielt jetzt der alte Bus an. „Erklärung später. JJ braucht gleich seine Flasche. Sorgt dafür, dass er um Himmels Willen, keinen Lärm macht" sagte ich hart. Onkel Theo ging und rief laut nach Erika. Die gute Frau war jetzt gefragt.

„Königin Kira von Barmylin. Was fällt dir ein, den König, deinen Mann, einfach so stehen zu lassen! Ich habe dir einiges zu sagen! Du wirst mir zuhören!" schnauzte Jarrar und riss die Bürotür auf. Mein Onkel hörte Jarrar schreien, verstand plötzlich und beeilte sich, die hintere Tür zu schließen. „Kira?! Die Frau gab es nie und wird es nie geben. Ich heiße Julia!" schrie ich zurück. Jarrar wollte nach mir greifen, doch ich brachte den Schreibtisch zwischen uns. Er kam um den Tisch herum, ich wich aus. „Bleib stehen, Julia Schneider!" schnauzte Jarrar mich nun an. „Bleib du doch stehen, Josef Schneider!" schrie ich sarkastisch zurück. Jarrar schnaufte wütend und versuchte mich zu greifen. Doch ich hob nur meine Hand und zeigte ihm meinen Mittelfinger. Jarrar verstand die obszöne Geste und verzog verärgert sein Gesicht.

„Was willst du hier, König. Das ist nicht Arabien!" schrie ich ihn an. Er kam wieder hinter dem Tisch hervor und lehnte sich dagegen. Er verschränkte seine Arme und versuchte, sich zu beruhigen. „Ich will meine abtrünnige Ehefrau zurück" sagte er auf Arabisch. Ich legte meinen Kopf schief. „Entschuldigen sie, mein Herr. Wir sind hier in Deutschland. Hier sprechen wir deutsch, ich verstehe sie nicht" sagte ich ironisch. Jarrar fluchte und wiederholte seine Worte in Deutsch. Er hatte meine Sprache wirklich gut gelernt, dachte ich. Meine Achtung für Jarrar stieg.

„Du hast mich sehr gut verstanden" sagte er dann wütend. Ich zuckte nur mit den Schultern. „Keine Ahnung, wem sie suchen, Mann. Ich sehe hier keine verheiratete Frau. Ich bin geschieden. Glücklich geschieden. Und endlich frei, was wollen sie dann hier!" sagte ich. Ich schluckte tief. „Ich habe deine Schriftrolle gerahmt und über meinem Bett hängen. Damit sie mich immer an die schlimmsten drei Jahre meines Lebens erinnert." Setzte ich hinzu. Ich wollte Jarrar weh tun. So er mir wehgetan hatte.

Doch Jarrar lachte nur. „Dann muss ich dir leider mitteilen, dass die Schriftrolle ungültig ist, Süße" Jarrar grinste über das ganze Gesicht und besah sich lange seine Fingerkuppen. Seine stets perfekt mainkürten Fingernägel, sahen schlimm aus. Der Hausputz hatte seine Spuren hinterlassen. „Es könnte nämlich sein, dass ich zufällig vergessen habe, sie zu unterschreiben" sagte er dann endlich. Sein Grinsen verstärkte sich. Ich riss überrascht meinen Kopf hoch. „Ist nicht dein Ernst" sagte ich jetzt und schrak zusammen. Jarrar nickte nur schmunzelnd.

Luise, eine junge Bewohnerin unseres Platzes, kam in unser Büro. „Jetzt nicht" schrien Jarrar und ich sie gleichzeitig an. Die gute Frau drehte sich erschrocken um und war verschwunden. Jarrar lachte herzhaft. Ich grunzte nur. „Ich wiederhole. Was willst du hier!" sagte ich dann. Jarrar kam jetzt zu mir. Er legte seinen Arm um mich. Ich versuchte, ihn abzuschütteln, doch er hielt mich fest. „Lass mich los, Josef Schneider" schrie ich wütend. Doch Jarrar presste mich fest an sich und seufzte leise. So, als würde er meine

Wärme genießen. Wieder versuchte ich, mich zu befreien. Jarrar ließ mich nicht los.

„Einen Versuch hast du noch Schatz, dann trete ich in Erscheinung" hörte Jarrar jetzt eine harte, dunkle Stimme von der hinteren Tür her sagen. Jarrar schoss herum und ließ mich los. Im Türrahmen stand Jan, der Sohn von Erika, und starrte Jarrar finster an. „Was fällt ihnen ein, meine Frau Schatz zu nennen" schnauzte Jarrar Jan an. Beide Männer taxierten sich nun wütend.

„Ich nenne meine Cousine, wie es mir passt" antwortete Jan bestimmt. Er kam ins Büro und zog mich zu sich. Liebevoll legte er seine Arme beschützend um mich. Jarrar zögerte, denn Jan war über zwei Meter groß und breit gebaut. Ich kuschelte mich in seine Arme.

„Sie sind also der Spinner, der meiner süßen Cousine so wehgetan hat. Komisch, ich habe sie mir ganz anders vorgestellt. So mit langem Kleid und Turban." sagte Jan weiter und streichelte mich sanft. „Sie sehen ja ganz normal aus." sagte er sarkastisch. Er spürte, wie ich zitterte. Jarrar zog finster die Augen zusammen. Sie schienen zu glühen. „Niemand nennt mich Spinner!" sagte Jarrar wütend. Sein Blick schien mich zu durchbohren. „Ich schon" antwortete Jan ruhig, wie immer. „Sie haben hier nichts verloren. Also, was wollen sie hier" fragte Jan drohend.

„Ich habe die Hütte 85 von Julias Onkel gepachtet. Ab jetzt bin ich Teil des Platzes hier." sagte Jarrar jetzt plötzlich grinsend. Er schien einen Plan zu haben, dachte ich. Wenn Jarrar Pläne schmiedete, musste man auf der Hut sein, dass wusste ich. Er war ein durchtriebenes Schlitzohr.

Jan strich mir das Haar aus dem Gesicht und sah auf mich herunter. „Stimmt das, Julia?" fragte Jan und ich nickte. „Er hat sich die Hütte unter dem Namen Josef Schneider erschlichen. Von Onkel Theo. Er hat Onkel Theo garantiert um den Finger gewickelt. Jarrar kann einen mörderischen Charm entwickeln" sagte ich frustriert.

Mein Ex-Mann grinste breit. „Josef ist die deutsche Form von Jarrar und Schneider der Nachname meiner Ehefrau." Erklärte Jarrar grinsend. „Also passt es doch." Sagte er lachend. Er wies auf mich. „Ich wollte Julia um Hilfe bitten. Ich kenne mich hier noch nicht so gut aus." Sagte Jarrar weiter. „Jemand muss mir alles erklären. Strom, Wasser und so weiter." Jarrar lehnte sich gegen die Wand und wartete geduldig. Natürlich hatte der Mann keine Ahnung. Er hatte nie etwas allein tun müssen, dachte ich bitter. Ein Blick hatte gereicht, um die Menschen, um ihn herum in Bewegung zu versetzen. Doch Jan schüttelte nur den Kopf. „Julia hat andere Aufgaben, hier. Für die Neuen bin ich zuständig. Ich werde sie herumführen und ihnen alles erklären. Nicht Julia." sagte Jan streng. Er hob den Daumen und wies auf die hintere Tür. Ich verstand, mein Sohn brauchte mich.

Jetzt war JJ`s lautes Gebrüll zu hören. Mein lieber, kleiner Sohn hatte Hunger, das wusste ich. Dann konnte er wirklich wütend werden. Wie sein Vater, dachte ich still. Ich seufzte, als Jarrar sofort seinen Kopf hob. „Ein Baby?" fragte er sofort.

Jam drückte verschwiegen meine Hand. „Ja, der Sohn meiner Freunde. Die machen hier Urlaub und sind auf einem Ausflug. Dann passt Julia immer auf ihn auf. Julia liebt Kinder" log Jan wie aus der Pistole geschossen. Er gab mir einen Klaps auf dem Po. „Dein Job Cousine. Du wolltest auf den Schreihals aufpassen. Und vergiss die Windel nicht." Sagte Jan lachend.

„Ja, Julia liebt Kinder" sagte Jarrar schwer. Er musste, wie ich in diesem Moment, an den Tag unseres Kennenlernens zurückdenken. Er hatte mich beobachtet, als ich das kleine Mädchen gemalt hatte. Auch später, bei offiziellen Aufritten, war ich stets von Kindern umringt gewesen. Ich hatte mir für jedes der Kinder Zeit genommen. Das Volk hatte mich für meine Kinderliebe verehrt.

Jetzt kam meine Tante zu uns. „Julia, gut das du hier bist! JJ will die Flasche mal wieder nur von dir" Erika kam, nichts ahnend, mit meinem Sohn ins Büro. Sie hatte meine Stimme gehört und war dem Lärm gefolgt. Das hatte mir gerade noch gefehlt. Ich liebte Erika. Doch ihre Schussligkeit, nervte heute.

„JJ?" fragte Jarrar wieder argwöhnisch und kam nun näher. Ich nahm JJ und ging zielstrebig aus den Raum. Jan verstellte Jarrar den Weg, als dieser mir folgen wollte. „Julius Jan, kurz JJ genannt" erklärte mein lieber Jan nun. Man, konnte der lügen, dachte ich bewundernd. „Und jetzt, Herr König, lassen sie uns zu ihrer Parzelle fahren. Mal sehen, wie ich ihnen helfen kann." Jan schob den widerstrebenden Jarrar aus dem Büro.

Vor der Tür saß geduldig die arme Luise. Jetzt erhob sich die Frau und schlich verschüchtert ins Büro. Sie machte einen weiten Bogen um Jarrar.

3 Kapitel

Ich schob geduldig den Kinderwagen durch die Wege des Campingplatzes. JJ wollte mal wieder nicht schlafen, egal, was ich versuchte. Er brüllte zum Gott erbarmen. Sam meinte, es könnten die Zähne sein, die sich nun ankündigten. Am See blieb ich stehen und seufzte. Ich hatte die letzte Nacht kaum geschlafen. Entweder hatte JJ mich wachgehalten oder der Gedanke an seinen Vater, der seit drei Tagen, hier, so nahe bei mir, in seiner kleinen Hütte schlief.

„Spielst du immer noch Kindermädchen?" Neben mir erschien jetzt Jarrar. So, als hätten meine Gedanken ihn hergerufen. Jarrar sah in den Kinderwagen und seufzte. JJ hatte seine kleinen Hände zu Fäusten geballt und schrie laut. Nervös wippte ich den Kinderwagen. „Und du? Spielst du immer noch Dauercamper und Aussteiger?" gab ich grob zurück. Ich schaukelte den Kinderwagen stärker, doch JJ schrie weiter. Jarrar sah mir einen Moment zu. „Darf ich?" fragte Jarrar mich jetzt freundlich und griff ohne Antwort abzuwarten in den Kinderwagen. Vorsichtig hob er JJ heraus und legte ihn der Länge nach auf seinen Arm. Leise, beruhigend, sprach er in Arabisch auf unseren Sohn ein. Jarrar hob seinen Arm und drückte JJ an seine breite Brust. Das Wunder geschah, JJ seufzte und hörte auf zu schreien. Er schloss seine Augen und schlief ein. Staunend sah ich meinen Ex- Mann zu, wie er das Baby vor sich hertrug. „Das machen unsere Kindermädchen seit Jahrhunderten so. Wir brauchen keine Kinderwagen" sagte Jarrar zufrieden. Dann grunzte er. „Die Mutter sollte sich mehr um ihr Baby kümmern. Die ersten Monate sind entscheidend für die emotionale Bindung" sagte er dann grimmig.

„Die Mutter kümmert sich mehr um ihr Baby, als es mir möglich wäre, wenn ich in Barmylin schwanger geworden wäre." Gab ich wütend zurück. Wieder ging mein Blick zu JJ, der sicher in Jarrars Arm schlief. „Ihr hättet mir mein Baby gleich nach der Geburt weggenommen. Drei ausgesuchte Kindermädchen hätten sich rund um die Uhr um das Kind gekümmert! Ich hätte dich um Erlaubnis fragen müssen, um es sehen zu dürfen!" schnauzte ich Jarrar an. Er sah mich lange, nachdenklich an. Dann nickte er schwer. „Die Gesetze unseres Landes sind alt und brauchen eine Modernisierung. Das ist mir im letzten Jahr klargeworden. Gleich, nachdem du mich verlassen hast. Einiges habe ich schon geändert. Vieles muss noch anders werden. Du hast recht. Man hätte dich nie so um unser Kind kümmern lassen, wie du es verdient hättest. Ich sehe dir zu, wie du dich um diesen kleinen Mann hier kümmerst. So, als sei er dein eigenes Fleisch und Blut. Du wärst die beste Mutter der Welt. Jedes Kind könnte sich glücklich schätzen, dich zu Mutter zu haben" sagte er jetzt fast traurig. Dann blieb Jarrar stehen und betrachtete die schwarze Haarpracht, die JJ bereits nach drei Monaten sein Eigen nannte. Liebevoll strich er darüber. „Solche Haarpracht hatte ich in dem Alter auch" überlegte Jarrar dann. „Wer sind die Eltern des Kleinen?" fragte er mich jetzt und zog nachdenklich seine Augen zusammen. Dann begann er zu rechnen und grunzte gefährlich. „Julia? Wie alt ist der Kleine" fragte er leise, fast drohend. Er kam der Wahrheit gefährlich nahe, dachte ich panisch.

„Julia! Da bist du ja. Ich habe mir schon Sorgen um meinen Kleinen gemacht!" schrie Gaby jetzt laut über den Platz. Sie zog ihren Verlobten, den Co- Piloten Sven hinter sich her und blieb schweratmend vor mir stehen. Sie grinste Jarrar frech an und nahm ihm vorsichtig JJ ab.

„Wir kennen uns doch" sagte Jarrar verblüfft. „Sie sind doch freche Frau vom Flughafen" sagte er dann finster. Gaby lachte leise. Auch sie erkannte Jarrar. „Allerdings.   Paragraf 12. Die bin ich, Hoheit" sagte Gaby burschikos und legte JJ in den Kinderwagen. Dann küsste sie mich sanft auf die Wange. „Danke, Süße, dass du aufgepasst hast. Sven und ich werden erstmal in unsere Wohnung verschwinden." Sagte sie fröhlich wie immer. Dann stieß sie Sven warnend an. Jarrar hielt sie auf. „Sie sind JJs Eltern? Der Kleine hat schwarze Haare, Ziemlich lange, schwarze, Haare. Ihre sind blond und ihr Mann hat hellbraune Haare" sagte er dann nachdenklich. Wieder ging sein Blick wie hypnotisiert in den Kinderwagen.

„Unser Sohn kommt nach meinem Schwiegervater. Er ist Südländer" sagte Gaby ernst. Sie stieß Sven in die Rippen. Er nickte nur stumm. Gaby drehte den Kinderwagen und schob davon. Sven folgte ihr schweigend.

„Das sind die Eltern?" fragte Jarrar mich langsam, zweifelnd und wischte sich schwer über die Augen, in denen Tränen der Enttäuschung standen. Fast tat mir meine Lügerei leid, doch ich konnte ihm nicht die Wahrheit sagen. Jarrar wäre in der Lage, mir JJ wegzunehmen, dachte ich traurig. Er würde meinen Sohn verschleppen und ihn lieblos aufwachsen lassen. Wahrscheinlich mit Patricia als Stiefmutter! Eine Frau, die ihn hassen würde. Allein schon aus dem Grund, dass ich seine Mutter war. Das konnte ich JJ nicht antun. „Gaby und Sven sind uns hier sehr gute Freunde geworden. Sie machen hier Urlaub mit ihrem Baby. Ich liebe den Kleinen sehr." log ich schnell und wandte mich ab. Ich hatte noch nie gut lügen können, und Jarrar wusste es. Er hatte meine Lügen stets durchschaut, dachte ich finster. Jarrar schluckte schwer. „Schade, dass wir kein Kind haben, das hätte alles leichter gemacht" sagte Jarrar jetzt und nahm meine Hand in seine. Ich ließ ihn gewähren. Es erinnerte mich an unsere erste Zeit. Damals, als wir uns kennen gelernt hatten. Dann, nach unserer Hochzeit, war damit Schluss gewesen. Keine Berührungen mehr in der Öffentlichkeit! So etwas war verboten. Wir gingen über den Platz. Jeder kannte mich. Die Bewohner grüßten uns freundlich, aber auch neugierig. „Es sollte damals einfach nicht sein. Vielleicht war es besser so." sagte ich leise. Vielleicht war ich damals noch nicht erwachsen genug, dachte ich jetzt. „Es war wohl Schicksal." flüsterte ich. Dann schwiegen wir beide etwas.

Mein Ex-Mann starrte zum Himmel. „Ich habe viele Fehler gemacht, Süße" sagte Jarrar jetzt. Ich nickte zustimmend. „Ja, ein Fehler war es, mich zu heiraten. Wir hätten eine schöne Zeit verbringen sollen und dann hättest du Heimfliegen und Patricia heiraten sollen" sagte ich bitter. Die Frau wollte es ja unbedingt, dachte ich wieder. Ich hörte ein böses Knurren, „Ich wollte aber dich. Ich wollte immer nur dich" gab Jarrar zurück. Wie unreif, dachte ich. „Du bist König, Jarrar. Da geht es nicht danach, was du willst" sagte ich verärgert und machte mich von ihm los. Wir waren jetzt am Spielplatz angekommen. Jarrar sah sich um. Wir waren allein. Jarrar griff meinen Kopf. Dann küsste er mich leidenschaftlich. Ich erwiderte den Kuss ebenso wild. So leidenschaftlich hatten wir uns noch nie geküsst, dachte ich überrascht. Wir klammerten uns aneinander, nicht willens, uns zu lösen. Der Kuss schien ewig zu dauern. Doch dann riss ich mich von ihm los. Wir waren geschieden. Er, so gut wie verheiratet mit einer anderen!

Ich fluchte still. „Es reicht! Du wirst mich nie wieder küssen, König Jarrar!" schnauzte ich ihn an. „Wie lange willst du noch hier den Aussteiger spielen, bis du begreifst, dass ich nicht zurückkomme!" schrie ich jetzt. Hoffentlich hörte mich niemand, dachte ich.

„Solange wie nötig, Süße. Du bist meine Frau! Die Schriftrolle ist nicht unterschrieben! Nach arabischem Gesetz gehörst du immer noch mir! Ich könnte dich zur Heimkehr zwingen!" schrie er zurück. Dann grinste er. „Der Kuss hat dir also auch gefallen. Ich wusste doch, dass du auf die harte Art stehen würdest. Ich hätte es wirklich früher ausprobieren sollen. Ich habe dich anscheinend nie richtig befriedigt. Hätte ich doch schon früher so hart rangenommen. Vielleicht wärst du mir dann nicht davongelaufen!" sagte er lachend und sah, wie ich rot wurde.

„Der Sex war nie das Problem! Unser Sex hat mir immer gefallen" sagte ich leise. Unsicher sah ich mich um. Wir hatten fast Jarrars Hütte erreicht. Jarrar grinste zustimmend. „Aber der letzte Sex war der Wahnsinn, nicht wahr? Davon träume ich jede Nacht." sagte Jarrar mich jetzt ebenso leise. Ich wurde noch roter und nickte nur. Er lächelte jetzt und nickte auch.

„Unser Sex war nicht der Grund, warum ich dich verließ! Du kennst den Grund genau. Jetzt bist du frei und kannst Patricia heiraten, um viele kleine Prinzen und Prinzessinnen zu machen! Das hatte diese Frau von Anfang an geplant. Sie wartet doch darauf, dich in ihr Bett zu bekommen. Wenn sie das nicht schon geschafft hat. Egal, ich muss arbeiten" sagte ich jetzt und wandte mich ab. „Du solltest deine Sachen packen und verschwinden. Du hast hier nichts verloren, König" sagte ich bitter. Dann ließ ich Jarrar stehen und ging zur Ferienwohnung.

„Doch, ich habe hier etwas verloren. Ich habe meine Geliebte hier verloren. Aber ich hole sie mir wieder" flüsterte Jarrar mir hinterher. Ich hörte es nicht mehr.

Qqqqqqqqqqqqqqqqqqqqqqqqqqqqqqqqqqqqqqqqqqqqqqqqqqqqqqqqqqqqqqqq

Meine Freunde warteten bereits auf mich. „Mein Vater ist Ostfriese. In der vierten Generation" sagte Sven mürrisch, als ich die kleine Ferienwohnung betrat. „Das wird ein immer größeres Lügengebilde! Du verstrickst dich darin! Du solltest deinem Mann die Wahrheit sagen" schnauzte er mich an. Ich nahm meinen kleinen Sohn und wiegte ihn sanft hin und her. Ich ließ meinen Tränen freien Lauf.

Zum Glück hielt Gaby zu mir. „Damit Julia riskiert, dass Jarrar ihr JJ wegnimmt? Schalte dien Gehirn ein, geliebter Mann. Der Kerl hat weitreichende Kontakte!" sagte Gaby jetzt. Sie reichte mir die Flasche und sah zu, wie ich JJ fütterte. Dann seufzte sie. „Wir trafen Jan, als wir ankamen, er sagte uns, wer seit drei Tagen hier sein Unwesen treibt. Und von seinen ganzen Notlügen. Ich dachte, besser, wir suchen dich mal" sagte sie lachend. Ich nickte nur. „Ihr kamt genau richtig. Jarrar hatte schon angefangen, konkrete Fragen zu stellen." Erklärte ich dankbar. „Warum stillst du ihn nicht?" fragte Gaby mich jetzt neugierig. Das schien sie wirklich zu interessieren. Das erinnerte mich an die schwere Geburt damals. „Ich hatte nach der Entbindung hohes Fieber. Ich musste starke Antibiotika schlucken. Der Arzt riet mir deshalb vom Stillen ab" erklärte ich. Gaby nickte verstehend. „Wie gut. Stell dir mal vor, Jarrar würde dich beim Stillen überraschen" überlegte sie jetzt. Ich nickte nur schwer.

Wieder war Sven der Spielverderber. „Und wie lange soll das Spiel noch gehen, Süße? Gaby und ich haben nur noch eine Woche Urlaub, dann müssen wir wieder los. Was willst du deinen Mann dann wegen JJ erzählen?" fragte Sven nun. Ich zuckte nur mit den Schultern. Ich hatte noch keine Ahnung. „Er ist nicht mehr mein Mann. Er hat keine Fragen zu stellen." sagte ich nur trotzig.

Qqqqqqqqqqqqqqqqqqqqqqqqqqqqqqqqqqqqqqqqqqqqqqqqqqqqqqqqqqqqqqq

Zwei Tage später klingelte das Bürotelefon. Da Jan mit Onkel Theo und Erika unterwegs war, hatte ich heute Dienst. Neben mir, im Reisebett, schlief JJ friedlich. „Ja bitte?" meldete ich mich.

„Ich habe kein heißes Wasser!" hörte ich Jarrars Stimme schnauzen. Ich unterdrückte ein Kichern. „Hast du den Gashahn aufgedreht?" fragte ich ihn. „Natürlich, genauso, wie Jan es mir gezeigt hat" kam die mürrische Antwort. „Es kommt aber keine Flamme heraus" maulte Jarrar in bester Königs-Manier. Den Ton kannte ich zur Genüge.

Ich schmunzelte. „Dann, lieber Pächter von Parzelle 85, ist deine Gasflasche wohl leer. Du solltest sparsamer sein. Hier hast du keine Diener, die dir den königlichen Hintern abwischen." Sagte ich lachend. „Lass dein blödes Gerede und komm her! Ich stehe unter der Dusche und es kommt nur kaltes Wasser!" schrie er nun wütend. Doch ich verneinte nur. „In zwei Stunden müsste Jan wieder hier sein. Ich werde ihn zu dir schicken" sagte ich ausweichend und schielte zu JJ. „Ich will jetzt duschen! Ich stehe hier, nackt in meinem Haus und warte auf heißes Wasser!" sagte Jarrar nun drohend. „Entweder du bringst mir Gas und zeigst mir, wie ich die Flasche anschließe, oder ich komme, so wie ich bin, zu dir ins Büro und hole dich!" drohte er mir.

„Du willst deinen kleinen König wirklich dem ganzen Platz präsentieren?" fragte ich ihn grinsend. „Was würde das Parlament dazu sagen?" scherzte ich schmunzelnd. Ich stellte mir vor, wie Jarrar hier nackt ins Büro kommen würde. Plötzlich wurde mir vor Erregung warm. „Ich meine es ernst, Kira!" sagte er laut und drohend. Wieder hatte er mich mit meinem arabischen Namen angesprochen. Der Mann meinte es also wirklich ernst, dachte ich. Er würde hier auftauchen und auf JJ treffen. Das durfte nicht passieren. Jarrar war schon neugierig genug. Ich seufzte. Ich würde Gaby bitten, sich einen Moment ins Büro, zu JJ zu setzen. „Ich werde gleich bei dir sein. Zieh dir etwas über! Denk dran, wir sind nicht mehr verheiratet." befahl ich ihm dann. Warum musste seine Gasflasche ausgerechnet heute leer werden. Heute, da Jan nicht hier war, dachte ich frustriert. Ich hatte Glück. Gaby hatte zugesagt, sie würde auf mein Baby achten. Womit hatte ich nur solche guten Freunde verdient, dachte ich. Ich lud die schwere Flasche in den Golfwagen und fuhr zu Jarrars Hütte.

„Hallo?" rief ich. Keine Antwort. Ich ging zur Tür. Wieder rief ich ohne Antwort. Zögernd betrat ich die Hütte. Jarrar stand, mit einem Handtuch um die Hüften im Badezimmer und starrte die Dusche an. „Da bist du ja endlich" sagte er nur und wies auf die Dusche. „Solch primitives Teil!" fluchte er.

„Ja, großer König, hier hast du keinen Halam, der dir das Badewasser einlässt" sagte ich. Ich warf einen Blick in die Küche. „Und keine Kelha, die schweigend das Geschirr abräumt. Du solltest abwaschen, König." Sagte ich ernst. Ich ging zum Golfwagen und zerrte die schwere Flasche heraus. Zögernd folgte Jarrar mir. Wie machst du das. „Wir hatten 126 Angestellte im Palast. Du kanntest alle ihre Namen. Das haben mir alle versichert." sagte er jetzt und raufte sich die Haare. „Selbstverständlich, König. Die Menschen arbeiten zwar für dich, aber sie haben auch Ehre und Stolz. Es machte sie jeden Tag stolz, wenn ich sie mit ihren Namen ansprach. Das machte ihnen ihre Arbeit leichter, sie taten sie dann gerne für mich. Im Bewusstsein, dass ich wusste, wer für mich sorgte." Antwortete ich. Ich zerrte die schwere Flasche zur Hütte. Jarrar folgte mir und nahm mir die Flasche ab.

„So habe ich es noch nie gesehen" gab Jarrar jetzt nachdenklich zu. „Weißt du, dass 42 Angestellte nach deiner Flucht gekündigt haben? Wegen dir. Sie sind gegangen, weil sie niemand mehr mit dem Namen angesprochen hat" sagte Jarrar jetzt und stellte die Flasche ab. Verwirrt sah ich ihn an. „Die Menschen in Barmylin lieben dich unglaublich, Julia. Sie lieben ihre blonde Königin, mehr, als sie mich lieben. Das Land trauert, seit sie von unserer Scheidung erfahren haben. Es kam sogar zu Protesten." Sagte Jarrar weiter. Er hielt die Flasche und wartete. Sein Bericht gab mir zu denken. Ich hatte bei meiner Flucht nur an mich gedacht, überlegte ich. Nicht an die Folgen für mein Volk. Ich war die Königin gewesen. Es waren meine Untertanen, die ich in Stich gelassen hatte!

Stumm wies ich auf den hinteren Teil des Hauses. Dort war eine Klappe, in der die leere Flasche stand. „Zieh dir Schuhe an, King. Brennnessel" warnte ich ihn ernst. Jarrar verschwand und kam in Gummistiefeln wieder. Ich brach in Lachen aus. In lautes, helles, fröhliches Lachen. „Ich sollte ein Foto machen und es dem Parlament schicken. Du siehst zum Schreien komisch aus. Nackt, Handtuch um die Hüfte und Gummistiefel. Das altehrwürdige Oberhaupt würde in Ohnmacht fallen." lachte ich fröhlich. Auch Jarrar grinste jetzt breit „Weißt du, dass du das erste Mal, seit Jahren wieder richtig lachst? So hast du früher gelacht, als wir uns kennengelernt haben Ich habe mich in dein Lachen verliebt. " sagt er jetzt. „Wie habe ich das vermisst." Setzte er seufzend hinzu. Das ließ mich schweigen.

Ich öffnete jetzt die Klappe und zerrte die leere Flasche heraus. Dann zeigte ich Jarrar, wie er die neue Flasche anschließen musste. „Haben wirklich so viele Menschen gekündigt?" fragte ich Jarrar nachdenklich, als er die Klappe wieder schloss. Er nickte grimmig. „Alles, was ich dir erzähle stimmt. Barmylin will seine wunderschöne Königin zurück. Das Volk wird nie eine andere Frau an meiner Seite akzeptieren. Das hat auch Patricia zu spüren bekommen. Es wäre fast zum Staatsstreik gekommen, als du fort warst. Ich musste ihnen versprechen, dich wiederzuholen. Erst da kehrte Ruhe ein." Sagte er jetzt ernst. Er nahm meine Hand und küsste jeden Finger einzeln. Dann zog er mich in seine Hütte und verschloss die Tür hinter uns.

Das machte mich nervös. „Lass mich gehen, Jarrar" sagte ich so fest ich konnte. Er schüttelte nur seinen Kopf. „Weißt du, dass ich jede Nacht von dir träume? Jede Nacht liege ich wach und verzerre mich nach dir! Und wenn ich mal einschlafe, dann träume ich von dir. Von unserem letzten Sex. Wie wahnsinnig der war. Wie du geschrien und gebockt hast. Wie nass du warst und ausgelaufen bist" sagte er heiser. Ich konnte nur nicken, denn mir erging es ja genauso, dachte ich erregt. Mein Blick heftete sich auf sein Handtuch. „Willst du sehen, was du mit mir machst?" fragte Jarrar und riss sich das Handtuch von den Hüften. Ich konnte ihn nur anstarren. Er stand fast nackt vor mir, in voller Größe und Pracht. Ungeniert grinsend. So hatte er sich mir in den drei Jahren Ehe nie gezeigt! „Die Gummistiefel stören das Gesamtbild" konnte ich herausbringen. Jarrar nickte nur und streifte die Stiefel ab. Immer noch stand ich sprachlos vor ihm. Ich sollte gehen. Ich sollte flüchten, dachte ich. Doch ich konnte keinen Fuß vor den anderen setzen. Wie hypnotisiert stand ich einfach da,

„Komm her" befahl Jarrar mir streng. Er griff meine Haare und zog mich zu sich, als ich nicht augenblicklich gehorchte. Er drückte mich vor sich auf die Knie. „Fass mich an" befahl er hart. Ich zögerte, doch dann hob ich die Hand und legte sie um sein Glied. „Braves Mädchen" lobte Jarrar mich. Er umfasste mit seiner Hand meine und bewegte sie hoch und runter. Braves Mädchen? Dachte ich. Er wollte doch kein braves Mädchen mehr, überlegte ich. Ich stieß seine Hand weg, hielt inne und legte meine Lippen um seine Spitze. Dann ließ ich meine Zunge kreisen, um seine Eichel, seinen Schaft. Meine Hand umfasste seine Hoden und massierten sie sanft. Dann ließ ich sein Glied tief in meinen Mund gleiten. Es schien Jarrar zu gefallen. Er stöhnte laut und hielt sich im Türrahmen fest. Jetzt keuchte er heiser. Ich lächelte und verstärkte das Spiel meiner Zunge. Es gefiel mir so gut. Zum ersten Mal hatte ich beim Sex die Kontrolle. Endlich bestimmte ich das Tempo und konnte meinen Mann steuern. „Verdammt, ist das gut" stöhnte Jarrar jetzt laut. „Es gefällt euch also, Hoheit?" fragte ich und schob ihn mir wieder tief in den Mund. Ich sog und leckte. Jarrar schrie auf, dann zog er sich hastig aus mir heraus. „Zieh deine Hose runter" befahl er mir hart. Er klatschte mir auf dem Po, als ich nicht schnell genug war. Ich lachte erregt, voller Lust, auf. Jarrar stöhnte laut. Er riss mir die Jeans zu dem Knien, legte mich über den Tisch und schob sich mit einem Aufstöhnen tief in mich. Ich schrie erschreckt auf, als ich ihn in mir spürte. Er schob sich hart und tief in mich, ich schrie und bockte gleichzeitig. „Sag, soll ich aufhören?" fragte Jarrar mich zwischen zwei Stößen. „Wehe, du wagst es" schrie ich gellend, als ein heftiger Orgasmus mich überrollte. Ich krallte meine Finger in die Tischdecke, die Obstschale fiel zu Boden, es störte mich nicht. Ich lag halb über den Tisch und genoss jeden von Jarrars harten, tiefen Stößen. Er drückte mich nieder, stand hinter mir und fickte mich so hart wie noch nie. „Du bist so herrlich nass" stöhnte er und stieß schneller. Wieder schob er mir seinen Daumen in den Po, weitete meine Rosette und drehte ihn hin und her. Ich schrie gellend, als ich voller Lust auslief. Ein irrer Höhepunkt ergriff mich und meine Fäuste schlugen unkontrolliert auf den Tisch. Mit einem dunklen Aufschrei entlud Jarrar sich tief in mir. Sekundenlang schwiegen wir. Keiner von uns war fähig, etwas zu sagen.

Langsam entfernte Jarrar seinen Daumen aus meinem Po und zog mich hoch. Sein Glied steckte noch in mir, als er meinen Kopf zu sich drehte und mich lange küsste. „Danke" sagte er heiser. Dann zog er sich aus mir zurück und verschwand unter der Dusche. Ich hörte das Wasser laufen. Langsam zog ich meine Jeans wieder hoch und schwankte zum Golfwagen. Meine Beine waren butterweich. Ich fuhr zum Spielplatz und hielt an, um mich zu beruhigen. Das war Wahnsinn gewesen, dachte ich. Toller, super geiler Wahnsinn. Solcher Sex machte süchtig, Ich keuchte leise. Am liebsten würde ich den Wagen wenden und zurück zu Jarrar fahren. Ich wollte noch einmal so gefickt werden, so wie eben. Doch ich musste an JJ denken. Mein Sohn brauchte mich. Gaby wartete bestimmt schon und machte sich Sorgen um mich, dachte ich.

qqqqqqqqqqqqqqqqqqqqqqqqqqqqqqqqqqqqqqqqqqqqqqqqqqqqqqqqqqqqqqqqqqq

„Du hast aber lange gebraucht" sagte Gaby, als ich das Büro betrat. Sie kam um den Tisch herum und hielt mich fest. Sie sah mich einen Moment an, dann grinste sie breit. „Ihr habt gebumst!" sagte sie dann lachend und amüsierte sich köstlich über meine rote Gesichtsfarbe. „Oh Mann, wie lustig ist das denn!" sagte sie und schob mich zum Tisch. „Und, hat es dir gefallen?" fragte sie dann. Ich nickte verlegen. Dann seufzte ich. Ich musste jemanden mein Herz ausschütten, warum dann nicht meiner Freundin, dachte ich. „Sex hatten wir immer, schließlich waren wir verheiratet" sagte ich leise. „Doch die letzten Male waren der Wahnsinn. Jarrar liebt mich nicht mehr so, so, so." mir viel kein passendes Wort dafür ein. „Blümchensex. Blümchensex nennt man das" half Gaby mir aus. Ich nickte. „Die letzten Male waren hart, wild und leidenschaftlich. Jarrar verliert die Kontrolle dabei und nimmt mich hart ran. Zum ersten Mal fühl ich mich frei dabei. Ich lass mich gehen, lass mich fallen und schreie mir die Seele aus dem Leib dabei" flüsterte ich. Gaby hatte mich trotzdem verstanden und nickte. „Das Mädchen, ist Sex. Richtig guter Sex. Dein Mann traut sich also endlich, dich wie eine ebenbürtige Partnerin zu behandeln. Nicht wie eine niedliche Puppe, die man nach Gebrauch in den Schrank zurückstellt. Er hat endlich begriffen, dass du was in deinem Kopf hast. Deine Ankündigung damals, ihn zu verlassen und deine anschließende Flucht haben ihm die Augen geöffnet. Dein verwöhnter, selbstbewusster Mann, muss das erste Mal in seinem Leben um etwas kämpfen, wenn er es nicht verlieren will." Gaby zeigte auf JJ. „Wenn er herausfindet, dass der Kleine sein Sohn und der Kronprinz ist, flippt er aus, das garantiere ich dir." Prophezeite Gaby.

Ich erhob mich und holte zwei Flaschen Bier. Sven kam und setzte sich zu uns. Ich holte eine weitere Flasche. „So einfach ist das nicht, Leute" sagte ich dann. Gaby setzte Sven in aller Eile in Kenntnis. Der Mann grinste breit. „Was für ein schlauer Fuchs, dieser Jarrar. Er hat absichtlich mit der leeren Flasche gewartet, bis Jan fort war, darauf möchte ich wetten. Ich gehe jede Wette ein, dass er alles so geplant hatte." Sagte Sven anerkennend. „Garantiert weiß er, wie man eine Gasflasche wechselt." Er lachte, als ich wütend hochschoss. „Beruhige dich, Goldlöckchen. Das zeigt nur, wieviel ihm an dir liegt. Er ist auch nur ein Mann, der sich nach Sex sehnt. Sex mit der Frau, die er liebt." Verteidigte er Jarrar. Sven verteidigte Jarrar? War ich im verkehrten Film gelandet? Jarrar war doch der Feind. Warum verteidigte er ihn dann. Das fragte ich mich überrascht.

„Mich lieben? Nachdem, was er mir angetan hat? Hast du das Gesetz vergessen?" fragte ich bitter. „Er will eine Zweitfrau nehmen. Patricia steht in den Startlöchern, um ihn zu heiraten!" sagte ich wütend. „Seit unserer Hochzeit damals, hat die Frau mich vorgeführt. Sie hat mich von einem Fettnapf in den nächsten trampeln lassen. Ich war neu und unerfahren in allen Dingen am Hof. Sie hat es leidlich ausgenutzt. Und Jarrar hat nichts getan, um mir zu helfen." Sagte ich grimmig. Ich wollte mich verteidigen. Meinen Freunden erklären, warum ich geflüchtet war.

„Und du hast dich natürlich jedes Mal bei Jarrar ausgeweint. Und je mehr du das getan hast, umso unfähiger hielt dein Mann dich, sich zu wehren. Ich denke, darauf hat Jarrar immer gewartet." Sagte Gaby streng. Ich hob verwundert meinen Kopf. „Hör auf, dich ewig zu verteidigen, Julia. Fange an zu kämpfen! Dass dein Mann hier herkam, um dich zu sehen, zeigt, wieviel ihm an dir liegt. Er will dich haben, dich bumsen, Julia. Und nicht diese dämliche Patricia!" sagte Gaby. Sven nickte bejahend. „Wenn diese Patricia so hinter Jarrar her ist, wird sie früher oder später hier auftauchen. Dann befindet sie sich auf deinem Territorium. In deinem Königreich! Der Campingplatz ist dein Königreich. Sie hat dich im Palast fertig gemacht? Mach du sie hier auf dem Campingplatz fertig. Hier ist dein Kriegsschauplatz! Lass sie untergehen, wie Napoleon vor Waterloo." Sagte Sven lachend. Er zog Gaby hoch. „Ich habe so viel von gutem Sex gehört, das macht mich irgendwie müde" sagte er und zwinkerte Gay zu. Sie lachte und reichte ihm die Hand. „Besorge dir die Pille, wenn du noch öfter Gasflaschen tauschen musst. Ich denke, ein Kronprinz reicht erst einmal" sagte Gaby, dann wurde sie aus dem Büro gezogen. Ich hörte sie beide lachend de Treppe zur Ferienwohnung hochlaufen.

Sinnend blieb ich mit JJ zurück. Was für eine verrückte Situation, dachte ich. Hatte Sven recht und Patricia könnte herkommen? Fragte ich mich. Nun, sie war festentschlossen, Königin zu werden. Dafür würde die Frau alles tun, überlegte ich. Sogar hier auftauchen. Ein Schauer lief über meinen Rücken, als ich an die unangenehme Frau zurückdachte. Wie oft sie mir wehgetan hatte. Immer wieder hatte sie für Streit und tränen gesorgt. Aus Neid und purer Eifersucht. Gaby hatte Recht. Ich hätte mich viel früher wehren müssen und die Frau in ihre Schranken weisen müssen. Ich war die Königin, nicht sie. Das hätte ich ihr klarmachen müssen.

JJ wurde wach. Er stank und hatte anscheinend die Hose voll. Ich hob meinen Sohn aus dem Bett und ging in mein kleines Haus. Das erste, neben dem Büro. „Du hast es gut, kleiner Kerl" sagte ich zum quietschenden JJ, Ich warf seine Windel in den Eimer und wusch seinen Po sauber. Dann Creme, Windel fertig. JJ griff nach meinen Haaren. „Du bist zu klein, um den ganzen Stress zu begreifen. Irgendwann werde ich dir davon erzählen und wir werden beide herzhaft lachen" sagte ich. Doch jetzt, in diesem Moment, war mir eher nach Weinen zumute. Ich machte den Fernseher an, vor mir, sicher in meinem Arm, lag JJ und spielte mit meinen Haaren. Ich zappte von einem Sender zum nächsten, doch nichts interessierte mich. Meine Gedanken waren bei

Jarrar. Was machte er gerade? Ich wusste, er musste sich oft bei seinem Sekretär melden. Jarrar war jetzt bereits fünf Tage hier und er lebte so einfach wie wir alle. Wie gefiel es ihm? Wer kochte ihn Mittagessen. Kochen konnte er doch bestimmt nicht. Jarrar war es doch gewohnt, sich an den gedeckten Tisch zu setzen. Ohne Worte wurde stets alles für ihn gemacht. Ein Wink mit seiner Hand und die Menschen waren geflogen, um seine Wünsche zu erfüllen.

Ich lachte, als ich an das schmutzige Geschirr in seiner Spüle dachte. Es hatte sich bis zum Fenster gestapelt. Vielleicht sollte ich ihm anbieten, ihn beim Abwasch zu helfen, dachte ich. Doch dann schalt ich mich selbst. Wir würden nicht zum Abwaschen kommen, dachte ich. Nein, besser, ich hielt mich so weit fern von ihm wie möglich. Er durfte nichts von JJs Geheimnis erfahren, dachte ich. Ich legte JJ in sein Bett und sah lange auf mein Baby herunter. Ich stellte mir vor, wie es sein würde, wir beide in Barmylin. JJ wäre in einem anderen Teil des Palastes untergebracht. Weit weg von mir. Ich müsste lange Wege auf mich nehmen. Nur um meinen Sohn zu sehen. War Jarrar wütend auf mich, konnte er mir den Umgang mit JJ verbieten. Ich würde meinen Sohn dann vielleicht Monate lang nicht sehen. Mein kleiner Liebling würde von fremden Frauen großgezogen. Ohne meine grenzenlose Liebe. Ich schüttelte mich heftig. Ich würde mich immer brav benehmen müssen, jede Anordnung von Jarrar befolgen, um in JJs Nähe sein zu dürfen, dachte ich frustriert. Ich kroch in mein Bett und zog mir die Decke über den Kopf. Mein Telefon klingelte und zeigte eine Nachricht an.

„Danke für den wirklich schönen Nachmittag und die neue Gasflasche. Ich werde sie morgen bezahlen. Schlaf gut- Jarrar"

Ein breites Lächeln glitt über mein Gesicht.

4 Kapitel

Svens Worte kamen mir drei Tage später wieder in den Sinn.

Ich hatte mich gerade zurückgelehnt und an den letzten Abend zurückgedacht. Ich hatte JJ schlafen gelegt und war noch einen Moment an die frische Luft gegangen. Ich hatte über vieles nachdenken müssen. Jarrar war mir entgegengekommen. Ohne etwas zu sagen, hatte er mich zum menschenleeren Spielplatz gezogen. Dort hatte er mir die Kleidung von Leib gezerrt und mir befohlen, mich hinzuknien. Ich verstand und verwöhnte ihn wieder mit dem Mund und der Zunge. „Oh Mann, du bist ein Naturtalent. Hätte ich das nur früher gewusst." hatte Jarrar geflüstert. Dann hatte ich mich auf alle viere knien müssen, Er hatte sich hinter mich gehockt und mich heftig geliebt. Er hatte sich in mich geschoben und sich hart bewegt. Er hatte mir die Hand auf dem Mund gehalten, als er spürte, wie ich meinen Höhepunkt hatte und schreien wollte. Immer wieder stieß er zu. Ich erwiderte jeden seiner harten, tiefen Stöße, wissend, dass ich gleich noch einmal explodieren würde. Und richtig, wir kamen gleichzeitig. Diesmal hatte ich mir den Ärmel meiner Bluse in den Mund gestopft, um meinen Schrei zu dämpfen. Dann waren wir beide in den weichen Spielsand gefallen. „Früher hast du nie geschrien" hatte Jarrar leise gesagt. „Früher hast du mich auch nie so hart und tief gestoßen" hatte ich geantwortet. „Gefällt es dir?" hatte er gefragt, nachdem er mich zu meiner Hütte zurückgebracht hatte. „Sehr, dass merkt du doch jedes Mal. Du willst doch nur ein Lob von mir" hatte ich zurückgeflüstert. „Ich soll doch nur dein männliches Ego schmeicheln" hatte ich gesagt und ihm sanft über die stoppelige Wange gestreichelt. Doch dann war ich ernst geworden. „Du solltest zurückkehren nach Barmylin. Dein Reich braucht dich" hatte ich dann traurig gesagt. „Du musst auch zurückkehren, der König braucht seine Königin" hatte er auf Arabisch gesagt. Ich hatte meinen Kopf geschüttelt. Jarrar war schweigend davon gegangen.

qqqqqqqqqqqqqqqqqqqqqqqqqqqqqqqq

Eine riesige, schwarze Limousine mit einem, mir gut bekannten Wappen, hielt jetzt direkt vor der Schranke. Ein imposantes Schauspiel für unseren bescheidenen Platz. Solche Wagen sah man hier sonst nie. Der Fahrer hupte und hupte, als die Schranke unten blieb. Ich saß im Büro. JJ schlief neben mir im Reisebett. Ich wartete und sah dem Schauspiel eine Weile zu. Die Limousine hatte arabisches Kennzeichen. Ich ahnte, wer hier so arrogant Einlass begehrte. Wieder wurde gehupt. Laut und anhaltend. Und das mitten in der Mittagspause.

Fast begann ich wieder zu zittern. Wie immer, wenn ich auf Patricia traf. Aus Angst vor ihrer nächsten Gemeinheit. Doch dann dachte ich an die Worte meiner Freunde. Was hatte Sven gesagt? Nicht verteidigen, kämpfen! Zeig ihr die Zähne. Sven hatte recht. Das hier war mein Schlachtfeld! Hier hatte ich das Sagen und kannte mich aus. Das Blatt hatte sich gewendet. Ich saß es also aus.

Endlich stieg der Fahrer aus und kam den Weg zum Büro hoch. Er riss empört die Tür auf. „Wir wollen hier rein! Haben sie mein Hupen nicht gehört?" schnauzte der perfekt gekleidete Fahrer mich auf Englisch an. Ich unterdrückte ein breites Grinsen. „Einen Moment, Jamal. Hier laufen die Uhren anders!" antwortete ich streng auf Arabisch. „Wir haben Mittagsruhe hier." Ich hatte den Mann mit seinem Namen angesprochen. Der Mann vor mir erschrak fürchterlich, als ich mich erhob und über den Schreibtisch beugte. Der Fahrer erkannte mich natürlich sofort. Trotz meiner legeren Kleidung. Er stockte und verbeugte sich nun tief. „Königliche Hoheit! Königin Kira! Entschuldigt meinen harten Ton. Aber mein Fahrgast macht mich verrückt. Ich konnte doch nicht ahnen, euch hier vorzufinden" stotterte den Mann nun und lief hochrot an. Wieder verbeugte er sich tief.

Ich mochte den Mann, mochte ihn schon immer, dachte ich. „Ich bin keine Hoheit mehr, Jamal. Mir wurde sämtliche Titel aberkannt, wie du wissen solltest." sagte ich selbstbewusst. „Aber das stört mich nicht. Denn das hier ist mein Zuhause. Ich bin einfach Julia hier" sagte ich und wies auf meinen unverschleierten Kopf. „Schön, dich mal wieder zu sehen. Ich hoffe, es geht dir gut? Und deiner Familie auch. Was möchtest du, Jamal?" fragte ich scheinheilig. Der Mann sah zur Limousine und zögerte jetzt, mir zu sagen, wer dort drinnen saß. Jeder in unserem Reich wusste, wie sehr mir Patricia zusetzte. Nur Jarrar war zu dumm, das zu erkennen.

Jamal neigte seinen Kopf. „Ich bin so froh, euch bei guter Gesundheit zu sehen, königliche Hoheit. Für mich und 99% des Volkes werdet ihr immer unsere Königin bleiben. Sie und niemand anderes." sagte er dann schnell. Er wies hinter sich zur Limousine. Ich verstand und lächelte freundlich. „Wenn ich Zuhause berichte, euch getroffen zu haben und dass es euch gut geht, dann wird das Volk feiern. Das Volk liebt euch, Königin" setzte er schnell hinzu. „Wir verstehen gut, dass ihr das neue Gesetz nicht so hinnehmen konntet. Es verletzt euch und damit auch uns als

Volk." Sagte der Mann sehr leise, fast verschwörerisch. Dann wies er auf den großen Wagen, der die Schranke blockierte. „Prinzessin Patricia hat herausgefunden, wo sich seine Hoheit Jarrar versteckt." Der Mann lächelte jetzt. „Wir alle waren erstaunt, dass Jarrar sich an solch einem Ort aufhalten soll, doch jetzt weiß ich warum" sagte Jamal lächelnd. Er wies auf mich und grinste glücklich. „Bedeutet es, dass es noch eine Zukunft für sie beiden gibt?" fragte er dann voller Hoffnung. Ich antwortete nicht auf seine Frage. Der Mann verstand und seufzte leise. „König Jarrar versprach dem Volk öffentlich, euch wieder zu holen, als er aufbrach." Sagte er leise. Ich schluckte. „Dann hat Jarrar mir also neulich die Wahrheit gesagt." Überlegte ich leise. Jamal nickte. Dann zögerte er seufzend. Wieder wies er auf den Wagen. „Prinzessin Patricia will ihre Hoheit, König Jarrar besuchen. Sie will ihn überreden, Heim zu kehren. Könnten sie bitte die Schranke öffnen und mir einen Lageplan geben? Ihr wisst, wie unbeherrscht die Prinzessin werden kann." fragte er dann zögernd.

Früher hätte ich es getan. Früher hätte ich selbstverständlich die Schranke geöffnet, nur um Streit zu vermeiden. Ich hätte vor der arroganten

Frau gekuscht. Voller Angst vor ihrem Temperament. Ich hätte alles getan. Nur, um mir nicht Jarrars Unmut zuzuziehen. Die Frau hatte es immer geschafft, mich vor ihm schlecht und unfähig aussehen zu lassen, dachte ich grimmig.

Doch Sven hatte wirklich Recht. Das hier war mein Spielplatz, meine Schaufel, meine Spielgeräte. Die Frau wollte auf meinem Land, mit meinen Sachen spielen? Gut, aber nach meinen Regeln, dachte ich hinterhältig. Sie konnte gemein sein? Ich konnte es auch! Patricia hatte vielleicht Königin Kira demütigen können, doch sie sollte sich nicht mit Julia Schneider anlegen!

„Den Plan kann ich dir geben, Jamal. Aber der Schlitten muss draußen bleiben. Deine Prinzessin muss wohl oder übel zu Fuß gehen" sagte ich schadenfroh und wies auf die Limousine. Jamals Blick war einmalig. „Ist dass ihr ernst, Hoheit?" fragte er mich verwirrt. Ich nickte breit grinsend. „Wir haben hier Größenbeschränkungen bei Autos. Die Limousine ist zu groß und wird nicht bis zu Jarrars Hütte kommen. Die Straßen sind nicht fest genug dafür." log ich fech. Ich wunderte mich, wie gut mir die Lüge über die Lippen kam.

JJ wurde unruhig. Er brabbelte vor sich hin. Jamals Kopf schoss herum. Fasziniert starrte er auf meinen Sohn. Er konnte seinen Blick nicht abwenden. Wie Jarrar damals, dachte ich seufzend. „Er gehört einer Freundin" sagte ich hastig. „Nicht, dass du auf falsche Gedanken kommst Jamal." sagte ich hastig, zu hastig, denn Jamal lächelte plötzlich breit. Dann verneigte er sich tief. „Die Prinzessin muss also laufen. Ich werde ihrer Hoheit, Prinzessin Patricia, ihre Worte sehr gerne ausrichten. Soll ich der Frau Grüße von ihnen ausrichten?" fragte der Mann plötzlich grinsend. Ich schüttelte meinen Kopf. „Es reicht mir völlig, sie über den Platz stelzen zu sehen. Jarrars Platz ist am anderen Ende des Geländes" sagte ich schmunzelnd. Garantiert trug Patricia wieder ihre berühmten zehn Zentimeter Absätze, dachte ich schmunzelnd. Der Mann zwinkerte mir verschwörerisch zu. Ich grinste nur dazu.

Der Mann verbeugte sich und sah wieder zu JJ. Mein Sohn war jetzt wach und krähte herzlich. „Hoheit, wir, das Volk von Barmylin, lieben euch sehr. Ihr habt modernes Denken zu uns gebracht. Ihr behandelt uns nicht wie niedriges Fußvolk und ihr kennt alle unsere Namen. Wir sind stolz auf euch. Alle Skandale, die ihr verbrochen habt, gehen auf das Konto von Patricia. Wir, das Volk, wissen das besser als euer Mann. Der König ist zu oft blind seiner Kinderfreundin gegenüber." sagte er leise. Dann verließ er das Büro und parkte die Limousine auf den Parkplatz.

Ich konnte Patricia unbeherrscht schreien hören, als sie am Büro vorbeikamen. Jamal musste sie begleiten und ihre Tasche tragen. „Was soll das heißen, ich muss laufen! Wo bin ich hier eigentlich. Wissen die hier im Slum nicht, wer ich bin? Ich bin eine Prinzessin! Bald bin ich Königin! Ich sollte die Polizei rufen!" schrie sie und schlug nach Jamal, der ihre schwere Tasche trug. „Das wird nicht viel bringen, Hoheit, es ist Privatgelände. Der Betreiber kann seine eigenen Vorschriften machen" antwortete Jamal geduldig. Ich konnte jedoch den Schalk in seinen Worten hören. Der Mann feierte innerlich. Ebenso wie ich es tat.

„Was für eine bodenlose Frechheit!" schrie Patricia. Vor dem Golfwagen blieb sie jetzt stehen. „Ich will damit fahren. Los, hole die Schlüssel!" schrie sie aufgebracht. Doch Jamal schüttelte seinen Kopf. „Das ist nur für das Personal und Notfälle. Ihr seid kein Notfall, eure

Hoheit Ihr seid gesund und gut zu Fuß." sagte Jamal und wich Patricias Hand aus. „Laut Plan sind es doch nur zweieinhalb Kilometer." Sagte Jamal. Er ging stoisch weiter. Patricia folgte ihm auf ihren hohen Pfennigansätzen. Fluchend und schimpfend. Es sah zu komisch aus. Natürlich hatte sie sich für den Besuch extra sexy angezogen und das rächte es nun. Dann grunzte ich wütend. Sie trug einen Schleier! Einen Schleier, der meinem Hochzeitsschleier erstaunlich ähnlichsah. Die gleiche Farbe und die Anordnung der Perlen war nahezu identisch. Das konnte kein Zufall sein, das war Berechnung, dachte ich wütend. Die Frau tat alles aus Berechnung. Sie wollte Jarrar die Hochzeit mit ihr schmackhaft machen. Wütend warf ich einen Papierball in den Eimer.

Jan kam ins Büro und sah mit mir zusammen aus dem Fenster. Er lachte, als er Patricia laufen sah. „Ist dass die Bitch, die dir das Leben schwer gemacht hat?" fragte er lachend. Ich nickte nur grinsend. „Und heute rächst du dich?" fragte er. Ich nickte wieder und lachte wieder leise.

„Vielleicht warnst du Jarrar besser. Langsam mag ich den Idioten nämlich. Er benimmt sich sehr anständig. Gestern hat er mir unaufgefordert beim Graben des neuen Ablaufs geholfen. Das hat mir drei Stunden Arbeit gespart." Sagte Jan. Er legte mir seine Hand auf die Schulter. „Ich hätte nie gedacht, dass er das solange durchzieht. Er scheint dich wirklich wiederhaben zu wollen." Überlegte Jan. Dann grinste er breit. „Übrigens, weißt du etwas über wilde Hunde hier auf dem Platz? Sam war gestern Nacht noch mit Luna unterwegs und schwört, er hätte auf dem Spielplatz zwei große Hunde beobachtet, die sich bekämpft haben" sagte Jan und wandte sich lachend ab, als ich hochrot anlief.

Jan lachte dunkel. „Ich weiß noch etwas Gutes für deine Rache. Das kommt richtig gut." sagte Jan jetzt und griff das Funkgerät. „Karl, Jan hier. Ihr seid doch gerade bei der Abwasserleitung an Parzelle 312 zugange. Hör mir gut zu. Da werden gleich zwei merkwürdige Typen bei euch vorbeikommen!" sagte Jan lachend.

Weiter konnte ich nicht hören. Ich schnappte mir die Schlüssel des Golfwagens und fuhr in einem großen Bogen, über die Parallelstraße, zu Jarrars Platz. Ich stellte den Wagen am Wald ab und schlich mich zur Hütte. Wieder verriet mir laute Musik, dass Jarrar Zuhause war. Ich wunderte mich. Während unserer Ehe hatte der Mann nie laute Rockmusik gehört. Jedenfalls nicht in meiner Anwesenheit. Das war anscheinend sein Geheimnis gewesen.

Wir waren oft zu Harfenkonzerten gegangen oder in die Oper. Ich verzog mein Gesicht, als ich daran zurückdachte. Am schlimmsten war Don Giovanni gewesen. Der Typ hatte gefühlte drei Stunden zum Sterben benötigt. Damals war ich während der Vorstellung fast eingeschlafen, allein Jarrars Ellenbogen in meine Rippen hatte mich wachgehalten. Verärgert grunzte Ich.

Doch anscheinend versteckte sich in meinem Ex-Mann ein heimlicher Rocker, dachte ich. Kurze Shorts und laute Musik. Und super geiler, wilder Sex ohne Tabus, dachte ich glücklich. Ich war dabei, mich erneut in Jarrar zu verlieben. In den neuen Jarrar. Wo hatte sich dieser Wahnsinnskerl die drei Jahre lang verstreckt? Was gab es noch, was ich nicht von dem Mann wusste, mit dem ich drei Jahre verheiratet gewesen war? Es war, als würden wir uns erst jetzt richtig kennenlernen.

Ich schlich mich zum Fenster. Jarrar stand, wieder nur in Shorts, an der Spüle und wusch endlich mal sein schmutziges Geschirr. Wahrscheinlich hatte er keine sauberen Becher mehr, dachte ich schmunzelnd. Ich sah mich im Garten um. Jarrar hatte hier Ordnung geschaffen und Blumen gepflanzt. Ein ganzes Beet nur mit Studentenblumen. Ich lächelte, meine Lieblingsblumen. Jarrar wusste das und er hatte sie extra für mich gepflanzt. Das spürte ich. Die Blumen standen sauber in ihren Reihen. Das hatte Jarrar gut gemacht. Ganz allein, ohne Hilfe. Ich war richtig stolz auf ihn.

Er sang gerade einen AC DC Song mit, als es sehr laut an seiner Tür klopfte. Jarrar hörte es nicht. Wieder wurde laut geklopft. Jetzt war Patricias schrille Stimme zu hören. Sie schrie laut nach Jarrar. Doch der war so in seinen Abwasch und seiner Musik vertieft, dass er nichts mitbekam. So konnte Patricia noch ewig schreien. Bis sie heiser war, dachte ich amüsiert. Ich musste seinem Glück also mal auf die Sprünge helfen, dachte ich. Ich griff zum Stromkasten und unterbrach die Zufuhr. Augenblicklich verstummte die Musik. Irritiert hob Jarrar seinen Kopf. Jetzt endlich hörte er das laute Klopfen und die wütende Stimme von Patricia. Ich schaltete den Strom wieder ein. Verwirrt schüttelte Jarrar den Kopf.

„Was willst du denn hier!" fragte Jarrar die junge Frau verärgert, die jetzt schreiend an ihm vorbei stürmte. „Und weshalb stinkst du wie ein Abwasserrohr, das drei Tage nicht geleert wurde!" fragte er weiter und hielt sich angewidert die Nase zu. Patricia schrie und trampelte in bester Prinzessinnenmanier, mit den Füßen. Sie war vollkommen durchnässt und stank wirklich fürchterlich. Jarrar Teppich sog sich mit den Fäkalien voll. Von ihrer eleganten Erscheinung war nichts übriggeblieben. Ich lachte still, jetzt wusste ich, was Jan mit Karl besprochen hatte. Karl hatte ganze Arbeit geleistet!

„Hallo, Jamal" sagte Jarrar jetzt zum Chauffeur, der unsicher in der Tür stand. „Komm doch rein in meinen Palast" sagte mein Ex- Mann nun ironisch. Der Chauffeur hob verwundert seinen Kopf. Seine Hoheit, der König von Barmylin kannte seinen Namen? Er lief hochrot an. Wenn er das in Barmylin erzählte, würde es ihm niemand glauben. Der König hatte ihn zu sich eingeladen! Er deutete hastig eine Verbeugung an. „Ich bleibe lieber hier draußen, Hoheit." sagte er dann und unterdrückte ein Grinsen. Ich konnte den Mann gut verstehen, denn Patricia stank wirklich furchtbar. Die Frau tobte immer noch.

Seufzend wandte Jarrar sich an den Chauffeur. „Vielleicht kannst du meine Frage beantworten. Was ist denn passiert, Jamal?" fragte Jarrar den Mann nun. Jamal erstarrte wieder. Der König fragte ihn, einen einfachen Chauffeur um Rat? Er hatte doch noch nie mit ihm gesprochen, dachte Jamal. Und er fuhr doch schon ewig lange die königliche Limousine. Er holte tief Luft.

„Erst durften wir nicht mit dem Wagen auf das Gelände. Ihre Hoh.. ich meine die Person, die vorne bei der Anmeldung sitzt, hat es strickt verboten." Verbesserte sich Jamal schnell. Jarrar konnte sich trotzdem seinen Teil denken und schmunzelte jetzt. „Dann mussten wir das ganze Stück laufen. Ihre Hoheit hat natürlich kein passendes Schuhzeug für solche Aktion dabei." Erklärte Jamal weiter. Er wies auf Patricias Schuhe, ein Absatz war abgebrochen. „Und dann kamen wir an zwei Männern vorbei, die gerade ein Abwasserrohr reparierten. Genau in dem Moment, als ihre Hoheit über das Rohr steigen wollte, platzte es und es traf sie die volle Ladung" erklärte Jamal. Jetzt musste er sich abwenden, denn das war zu komisch gewesen. Er lachte und ging schnell davon. Er setzte sich auf die alte Gartenbank und lachte jetzt schallend.

„Das hätte ich auch gerne gesehen" murmelte Jarrar bedauernd. Er ging in sein Bad und kam mit Handtüchern zurück. „Hier. Und jetzt hör auf, so hysterisch zu schreien, Patricia. Ich verstehe meine Musik nicht mehr" sagte er hart zu Patricia. Jarrar sprach so hart mit seiner Jugendfreundin? Das hatte ich noch nie erlebt! Das war das erste Mal, dass ich das hörte. Was hatte sich geändert!

Die Frau wischte sich das Gesicht und die Hände sauber, dann wollte sie sich auf Jarrars altes Sofa fallen lassen. Er warf schnell eins der Handtücher unter sie. „Ich wiederhole! Was willst du hier!" fragte er dann. Ohne ihre Antwort abzuwarten, ging er zurück in seine Küche wusch weiter ab. Er ignorierte Patricia? Auch das war mir neu! Es blieb Patricia also nichts anderes übrig, als ihm zu folgen. Angewidert blieb sie in der Tür stehen.

„Das könnte ich dich auch fragen! Was tust du hier! Du bist ein König! Du bist zwei Milliarden Dollar schwer und du stehst hier, in merkwürdigen, kurzen Hosen, die aller Welt deine Beine präsentieren, in dieser primitiven, abbruchreifen, Behausung und wäscht schmutziges Geschirr!" schrie Patricia Jarrar voller Wut an, als sie in die Küche kam. Mein

Exmann reagierte nicht auf ihre Vorwürfe. Er wies mit dem Kopf zu einem Geschirrtuch. „Wenn du schon mal hier bist, kannst du abtrocknen. Lufttrocknen gibt immer Flecken" sagte Jarrar.

„Spinnst du jetzt völlig? Ich bin eine Prinzessin. Ich trockne doch kein Geschirr! Hole dir Jamal rein. Der Kerl ist so faul, er wollte nicht einmal meine Koffer hertragen!" sagte Patricia wütend. Jarrars Kopf schoss herum, er drehte sich so schnell, dass das Wasser in der Spüle durch den Raum spritzte. „Das ist der Unterschied, Patricia! Julia hätte ohne Aufforderung abgetrocknet! Sie hätte Jamal nicht über das Gelände geschleift! Will er mich sehen oder du? Du willst wissen, was ich hier will? Ich will meine Frau zurück! Und ich will endlich die Frau kennenlernen, die seit über drei Jahren der Inbegriff meines Lebens ist!" schrie Jarrar die perplexe Patricia an. „Was willst du mit Koffern? Hast du geglaubt, hier wäre ein fünf Sterne Hotel und ich würde hier am Pool liegen? Hast du geglaubt, ich wäre hier, um mich zu entspannen?" schrie er weiter.

Er raufte sich die Haare und warf ein Handtuch über das abgewaschene Geschirr. „Zu deiner Information! So entspannt und glücklich wie hier.

Auf diesem Gelände war ich noch nie! Ich höre morgens die Vögel singen. Kein Diener kommt um sechs Uhr in mein Schlafzimmer, um mir meine Kleidung für den kommenden Tag herauszusuchen. Wenn ich Hunger habe, muss ich mir selbst etwas kochen! Und ich bin glücklich dabei! Julia hatte recht. Sie sagte einmal, wer mit dem goldenen Löffel im Mund geboren wurde, weiß das wahre Glück nicht zu schätzen! Jetzt verstehe ich endlich diese Worte." Jarrar setzte sich jetzt. Weit ab von der stinkenden Patricia.

„Julia, Julia, Julia" schrie jetzt Patricia. „Hängst du immer noch an diesen unfruchtbaren Trampel! Vergiss die Frau endlich und werde wach! Du weißt, was das Parlament gesagt hat! Du bist bald dreißig. Bis dahin musst du einen Thronfolger vorweisen. Sonst geht der Thron an deinen Cousin!" schrie Patricia jetzt und erhob sich. „Man hat mich hergeschickt, um dich an diese Klausel zu erinnern. Du kennst deinen Cousin. Er ist radikal. Er würde Barmylin ins Mittelalter zurückführen! Frauen tief verschleiert und in schwarzen Roben, die ihr Haus nur mit männlicher Begleitung verlassen dürfen. Männer mit Turban und Bärten, die über alles bestimmen. Absolute Macht dem Regime. Kein

Mitspracherecht für das Parlament. Willst du das?" Zählte Patricia bitter auf. „Du wärst schuld am Untergang des Landes. Und nur weil du so eigensinnig bist. Vergiss endlich den deutschen Trampel und tue deine Pflicht!" schrie Patricia weiter.

Ich schlug mir die Hand vor den Mund, um nicht laut aufzuschreien. Von dieser Klausel hatte Jarrar mir nie etwas gesagt! Davon hatte ich nichts gewusst. Deshalb hatte er dem neuen Gesetz zugestimmt, dachte ich plötzlich. Jarrar war verzweifelt gewesen. Jetzt verstand ich meinen Mann endlich. Ich hatte seinen Cousin kennengelernt. Yusuf war wirklich radikal. Er hatte unsere Ehe damals als abartig und unrechtlich bezeichnet und für einen Eklat gesorgt. Er hatte auf unserer Hochzeit gesagt, Jarrar hätte sich versündigt, da er eine ungläubige geheiratet hatte. Eine unwürdige Europäerin. Jetzt würde der Mann an die Macht kommen, dachte ich. Ich ließ mich zurückfallen, der alte Zaun fing mich auf.

„Julia ist alles, an das ich denken kann, Patricia! Sie ist der Inbegriff meines Glücks. Alles andere ist mir egal! Versteh es endlich!" hörte ich Jarrar jetzt sagen. Meine Liebe zu dem Mann wuchs in diesem Moment ins Unendliche. Wieder sah ich durchs Fenster. Jarrar weinte. Er hatte seinen Kopf zwischen seine Hände und sah zu Boden. „Ich kann und will nicht ohne die Frau leben. Die letzten Tage hier mit ihr waren der Wahnsinn. Das wirst du nie verstehen können, denn dort wo Julia ein riesengroßes Herz hat, da sitzt bei dir nur ein Bankschließfach. Alles, was du willst, ist ein Kind von mir, um Julia von der Spitze zu vertreiben. Doch ich werde dich nie ficken. Egal, was du versuchst! Du kannst deine schmutzigen Spielchen also zukünftig lassen!" sagte er jetzt so laut, dass auch Jamal draußen seinen Kopf hob. Dann lächelte Jarrar plötzlich. „Und vielleicht hat sich das Kinderproblem bereits gelöst. Und damit auch die Klausel." Setzte er hinzu. Wieder schlug ich mir auf den Mund. Jarrar ahnte also wirklich etwas, dachte ich erschrocken.

Patricia lachte gehässig auf. „Ich verstehe nicht. Was meinst du, Jarrar. Soll das heißen, der Trampel versteckt sich hier? Hast du dich deshalb hier eine Hütte gekauft? Na, der Ort passt zu so einem dummen Trampel. Bis zu den Knien im Dreck. Die Ärmsten der Armen um sich geschart. Wenn ich das im Palast erzähle, gibt es wieder ein Riesengelächter über die unmögliche Königin!"

sagte Patricia. „Du bist ein hoffnungsloser Idiot, Jarrar." Dann stutzte sie. Was meinst du damit, das Kinderproblem sei geklärt!" fragte sie dann argwöhnisch.

Doch Jarrar antwortete nicht. Er kam nun zu ihr herum. Er fasste Patricia an den Schultern und schüttelte sie heftig durch. „Wir beide, wir sind zusammen aufgewachsen. Wir kennen uns seit Kleinkindertagen. Dir habe ich immer vertraut. Ich dachte immer du seist meine beste Freundin. Ich glaubte, Julia wäre darauf eifersüchtig und würde übertreiben, wenn sie mir von deinen hinterhältigen Machenschaften berichtete. Doch langsam bekomme ich ein Gesamtbild von deinen ganzen niederträchtigen Handlungen! Jedes Mal, wenn Julia einen öffentlichen Auftritt hatte, hast du dafür gesorgt, dass sie schlecht aussah dabei! Solange, bis meine geliebte Julia sich nicht mehr aus dem Palast getraut hat! Die arme Julia hatte regelrecht Angst, den Palast zu verlassen! Und das ist allein deine schuld!" schrie er und Patricia zog verängstigt ihren Kopf ein.

„Was willst du! Ich habe deine Ex- Frau doch nur mit unseren Sitten, Gebräuchen und Traditionen bekannt gemacht! Was kann ich dafür, dass sie so dämlich ist. Liebe macht nicht nur blind, sondern auch dumm, denke ich." sagte Patricia jetzt und unterdrückte ein hinterhältiges Grinsen. Jarrar hatte es trotzdem gesehen und ließ angewidert die Frau los.

„Julia ist tausendmal mehr Königin, als du je sein wirst! Das Volk liebt sie über alles! Dich verachtet es abgrundtief. Die Menschen in Barmylin wissen, dass Julia unerfahren in den Sitten und Traditionen ist. Aber das hat das Volk akzeptiert. Denn Julia ist offen, lustig und unkompliziert. Sie liebt die Menschen in meinem Reich und das Volk liebt sie zurück. Ich will keine andere Frau an meiner Seite! Das wurde mir in dem Moment klar, als ich wach wurde und sie fort war. Mein Leben ist kalt und leer, ohne sie. Alle diese Gesetze und Vorschriften. Sie bringen nichts, sie machen nur einsam! Ich habe schon einige geändert in dem einen Jahr, dass Julia weg ist. Den Rest werde ich zusammen mit ihr ändern!" schrie Jarrar jetzt. „Sage dem Kanzler, ich kehre nur mit meiner Frau, meiner einzigen Frau, zurück nach Barmylin!" Er riss die Tür auf und schob die stinkende Patricia hinaus. „Ziehe deine fürchterlichen Schuhe aus und gehe barfuß zurück!" sagte er noch.

Jamal erhob sich jetzt und verbeugte sich vor Jarrar. „Auf Wiedersehen, Hoheit. Und viel Glück bei ihrem Vorhaben. Das Volk von Barmylin steht hinter ihnen. Egal, was kommt. Wir wissen, sie werden kämpfen." Sagte er ernst. Dann grinste er geheimnisvoll. „Ein sehr hübscher Bursche, der bei der jungen Frau vorne in der Anmeldung schläft, eure Hoheit." Sagte er nur. Dann folgte er frustriert Patricia.

„Verdammt, wenn das Weib nicht Recht hätte, wäre alles leichter. Übermorgen werde ich immerhin 29 Jahre alt" sagte Jarrar und schlug wütend gegen die Eingangstür. Dann ging er wieder in die Hütte und ich hörte die laute Musik dröhnen. Ich löste mich vom Fenster und schlich zurück zum Golfwagen. Das Gespräch hatte mir endlich die Augen geöffnet und viel zum Nachdenken gegeben. Von dem Gesetz, dass er bis zum dreißigsten Geburtstag, Vater sein musste, hatte er mir nie etwas erzählt. Wahrscheinlich hatte er mich nicht unter Druck setzen wollen, dachte ich und in dem Moment liebte ich Jarrar mehr, als je zuvor.

„Hallo Patricia" rief ich, als ich gespielt fröhlich, an der jungen Frau vorbeifuhr. Patricia erstarrte. „Guten Tag noch, Hoheit. Fahren sie vorsichtig."

rief mir Jamal hinterher. Er wich den Schuhen von Patricia aus. Die Frau schrie wie wahnsinnig und warf mit ihren Schuhen nach dem Golfwagen. „Du, Du Trampel! Du widerliche, unfruchtbare Schlampe" schrie sie mir in Arabisch hinterher. Ich lachte aus vollen Hals, als sich überall die Türen öffneten und die Menschen grob um Ruhe baten.

aaaaaaaaaaaaaaaaaaaaaaaaaaa

Ich saß wieder in der Anmeldung und hatte gerade JJ gewickelt. Er lag zufrieden in seinem Reisebett und spielte mit einem kleinen Stoffhasen, den er schon durchgeweicht hatte. Die ersten Zähne kündigten sich anscheinend wirklich an, dachte ich. Ich hatte die Füße hochgelegt, auf dem Schreibtisch, und döste, als die Tür aufgerissen wurde und Patricia vor mir stehen blieb. Mit einem Schlag wischte sie meine Füße vom Tisch und lehnte sich zu mir herüber. „Du elende, widerliche Bitch. Du glaubst, du hast gewonnen, weil Jarrar dir wie ein Hündchen nachgelaufen ist? Doch du wirst verlieren, Schlampe. Denn das Gesetz besagt, dass Jarrar keine geschiedene Frau heiraten darf! Und du bist geschieden. Ich habe selbst dafür gesorgt, dass er dir die Schriftrolle zusandte!" schrie sie mich so laut an, das JJ unruhig krähte. Patricias Kopf schoss herum und bohrte sich auf das Reisebett.

Endlich konnte ich kontern. „Dann hättest du vielleicht auch darauf achten sollen, dass Jarrar sie auch unterschreibt! Das hat er nämlich nicht getan! Das Teil ist ungültig. Ich bin immer noch verheiratet mit ihm!" gab ich zufrieden zurück. „Ich bin immer noch Königin Kira. Auch für dich, wenn ich bitten darf." Jetzt wusste ich, warum Jarrar die Rolle nicht unterschrieben hatte.

„Dieser elende Idiot" fauchte Patricia wütend. Immer noch starrte sie auf das kleine Bett in der Ecke des Raums. JJ lachte jetzt glucksend. Geschockt sah Patricia ihm zu. Ich schwieg und beobachtete das Gesicht der Frau. Dann wandte Patricia sich wieder zu mir. „Jarrar muss innerhalb des nächsten Jahres Vater werden. Ansonsten verliert er den Thron!" schrie sie mich dann weiter an. Falls sie mich damit schocken wollte, kam sie zu spät, dachte ich. Ich erhob mich und nahm JJ aus dem Reisebett. Liebevoll legte ich ihn in meinen Arm und trug ihn zum Schreibtisch. Patricias Blick folgte mir ungläubig. Mit offenem Mund sah sie zu, wie ich die Wärme der Flasche prüfte und meinen Sohn fütterte.

Patricia starrte auf das glänzende schwarze Haar und die markante Nase meines Babys.

„Auch das Problem ist uns bewusst, oder JJ?" antwortete ich lächelnd, den Namen betonend. Liebevoll strich meinen Sohn durch die schwarze Lockenpracht. „Ganz der Vater." Sagte ich schmunzelnd. Patricia drehte sich wortlos um und verließ das Büro. Mit Genugtuung sah ich die große Limousine davonfahren. Diese Schlacht hatte ich eindeutig ich gewonnen, dachte ich zufrieden.

5 Kapitel

Zwei Minuten später hielt der alte VW Bus vor dem Büro. Jarrar kam herein. Er hatte sich umgezogen. Statt seiner sexy, kurzen, Shorts, trug er jetzt einen Anzug und Krawatte. So, wie ich ihn die drei Jahre unserer Ehe jeden Tag gesehen hatte. Er lächelte, als er mir zusah, wie ich JJ fütterte. Mein Sohn brüllte wütend, als ich den Nuckel kurz herauszog, um die Flasche zu schütteln. Schnell schob ich ihm den Nuckel wieder in den Mund und JJ trank zufrieden weiter. „Das steht dir sehr gut, Julia" sagte Jarrar sanft. Ich nickte nur kurz. „Der Kleine hat einen gesunden Zug am Leib" sagte Jarrar wieder. Ich blieb stumm. Er trug wieder seinen Anzug. Bedeutete das, er würde jetzt gehen? Würde er Patricia nachfahren? Fragte ich mich plötzlich traurig. „Sind deine Freunde mal wieder unterwegs?" fragte Jarrar mich weiter. Doch es klang eher belustigt, statt neugierig. Das merkte ich natürlich. „Ja, sind sie. Was willst du" fragte ich hart. Doch dann erinnerte ich mich an das belauschte Gespräch und sofort tat mir der harte Ton leid. „Entschuldige meinen Ton, ich bin immer noch gereizt von deinem Besuch eben" sagte ich.

Jetzt lachte Jarrar herzlich. Verwundert drehte JJ seinen Kopf und lachte mit. Es sah zu niedlich aus, als er uns seinen zahnlosen Kiefer sehen ließ. Auch Jarrar schien es so zu sehen, denn er wischte sich schnell über die feuchten Augen. „Du hast dich ja richtig gut gerächt an Patricia" sagte er dann und schluckte einen Kloß herunter.

„Ich weiß nicht, wovon du sprichst, Mann" antwortete ich, konnte mein Grinsen jedoch nicht verbergen. Auch Jarrar grinste nun breit. „Sie hat meine ganze Hütte verpestet. Ich muss jetzt erst einmal lüften. Armer Jamal, er muss es den ganzen Weg zur Botschaft ertragen." Sagte Jarrar jetzt. Er beugte sich zu mir über den Tisch. „Ich muss jetzt weg. Einige Dinge können nicht ruhen. Die sind dringend" sagte er geheimnisvoll. „Bedeutet es, du verschwindest? ich bin dich endlich los?" fragte ich und schluckte tief, um nicht zu weinen.

Jarrar kam noch näher, sein Gesicht war jetzt vor meinem. „Freu dich nicht zu früh, Süße. Heute Abend bin ich wieder hier. So schnell wirst du mich nicht los." Er beugte sich und küsste mich leidenschaftlich. Ich erwiderte den Kuss verzerrend, nicht willens, ihn zu beenden. Plötzlich schrie Jarrar auf und löste sich von mir. JJ hatte seinen Haarzopf zu fassen bekommen und zog daran. „Man, was fütterst du dem Baby. Was hat er denn für eine Kraft" schimpfte Jarrar liebevoll. Mit Tränen in den Augen, strich er JJ sanft über die Babywangen. Dann wandte er sich ab und verließ, fröhlich pfeifend, das Büro.

„Ab in dein Bett, Sohnemann" sagte ich und erhob mich. Mein Blick ging suchend über den Schreibtisch. Hier hatte ich doch vorhin JJs Stoffhasen hingelegt. Wo war das verdammte Stofftier denn hin. Ich bückte mich und suchte den Boden ab Umsonst, der Hase war verschwunden. Ich zuckte mit den Schultern. Das war merkwürdig, aber jetzt hatte ich andere Probleme. Das Gespräch zwischen Patricia und Jarrar ging mir wieder durch den Kopf. Er liebte mich wirklich? Er wollte mich, nur mich? Mein Herz schlug rasend vor Freude. Warum hatte er mir das in den letzten drei Jahren unserer Ehe immer weniger gezeigt, überlegte ich. Ich hatte doch so darauf gewartet.

JJ spielte jetzt mit einer kleinen Rassel, die er lachend hin und her schlug. Ich setzte mich wieder in den Bürostuhl und schloss meine Augen. In den drei Jahren unserer Ehe hatte ich oft das Gefühl gehabt, er hätte unsere Hochzeit bereut. Wann immer ich mir einen Fehler erlaubt hatte, hatte er mich so unendlich wütend angesehen. Und wenn ich ihm dann erklären wollte, wie es dazu kommen konnte, hatte er stets abgewinkt. Irgendwann hatte ich es dann aufgegeben, mich erklären zu wollen. Ich hatte den Palast so gut wie nie mehr verlassen. Ich sah kurz zu JJ, dann lehnte ich mich wieder zurück und schloss meine Augen. Ich hatte verdammt viele Fehler gemacht. Ich hätte kämpfen müssen, dachte ich. Sven hatte es mir erklärt. Ich hatte aufgegeben und mich versteckt. Ich hatte dieser widerlichen Patricia das Feld und die Öffentlichkeit überlassen. Sie hatte ein leichtes Spiel gehabt. Natürlich war sie immer mit meinem Mann auf den Fotos, wenn ich mich nicht aus dem Palast getraut hatte. Ich hätte Jarrar begleiten sollen, trotz aller Probleme. Ich hätte darauf bestehen sollen, an seiner Seite zu sein, dachte ich bitter. Doch, wie ein kleines, graues Mäuschen, hatte ich mich versteckt. Selbst die Nächte, die wir zusammen verbracht hatten, waren einzig nur von dem einen Gedanken, Nachwuchs zu zeugen, beseelt gewesen. Kein Wunder, dass wir beide daran keinen Spaß gehabt hatten. Anders als jetzt, dachte ich und konnte nicht verhindern, dass ich rot wurde. Jetzt, da wir beide fickten, ohne den Drang nach Nachwuchs, war es fantastisch, geil, super. Mir wurde schlagartig warm. Jarrar nahm jetzt keine Rücksicht mehr auf mich, er lebte seine Vorlieben aus und behandelte mich wie eine ebenbürtige Partnerin, nicht wie eine zierliche Puppe, die man zwar anschauen, aber nicht mit Spielen, durfte. Meine Beine wurden weich, als ich an unser Intermezzo auf dem Spielplatz zurückdachte.

Mein Onkel kam nun ins Büro und zog sich einen Stuhl heran. „Übermorgen ist das Sommerfest. Steht die Planung?" fragte er mich und schnippte mit den Fingern, als ich nicht gleich darauf antwortete. „Ja, Onkel, alles okay. Jan ist mit den Jungs dabei den Saal zu schmücken. Und die Tanzfläche draußen werde ich morgen dekorieren." Sagte ich. Es sollte ein wunderschöner, warmer Tag werden. Wir würden den Grill anzünden und Bier ausschenken. Ich würde eine gute Flasche Whisky besorgen, überlegte ich. Jarrar hatte an dem Tag Geburtstag. Das wäre ein gutes Geschenk für ihn. Und vielleicht würde ich ihm die Wahrheit über JJ sagen, ich würde es abwarten. Das wäre das schönste Geschenk für Jarrar, dachte ich und erinnerte mich wieder an die Klausel. Ich würde damit eine große Last von der Seele nehmen.

Mein Onkel nickte jetzt zufrieden. Er strich mich liebevoll über die Wange. „Ich mag deinen Mann, Liebes. Er liebt dich, dass sieht und spürt man, wenn man euch zusammen sieht. Er ist gut für dich." Sagte Onkel Theo. Er sah lächelnd zu JJ. „Ich denke, er hat die Wahrheit verdient. Es würde Jarrar verdammt viele Sorgen von den Schultern nehmen. Und was will dein Mann denn machen. JJ ist in Deutschland geboren. Dein Sohn ist deutscher Staatsbürger. Da ist unsere Regierung sehr streng. Jarrar kann ihn nicht einfach nehmen und mit ihm verschwinden!" erklärte Onkel Theo mir nun ernst. Ich beugte mich über den Tisch und küsste ihn auf die Stirn. Onkel Theo hatte doch Recht! Ich konnte Jarrar die Wahrheit sagen, ohne befürchten zu müssen, dass er mir JJ fortnehmen konnte. Jarrar konnte heimfliegen und dort die Geburt seines Sohnes verkünden. Er würde König bleiben können. Und sollten wir keinen gemeinsamen Weg finden, musste Jarrar sich damit abfinden, dass sein Thronfolger hier bei mir aufwachsen würde. Wenn JJ älter war, konnte er seinen Vater in Barmylin, in den Ferien besuchen. Das musste Jarrar reichen, dachte ich zufrieden.

qqqqqqqqqqqqqqqqqqqqqqqqqqqqqqqqqqqqqqqqqqqqqqqqqqqqqqqqqqqqqqqq

Es war Mitternacht. Ich zog mir wieder die Decke über den Kopf und versuchte vergeblich, einzuschlafen. Ich hatte JJ neu gewickelt und er war endlich wieder eingeschlafen.

Jarrar war nicht wiedergekommen. Obwohl er es versprochen hatte. Wahrscheinlich hatte er es sich anders überlegt, dachte ich wütend. Ich hatte es ihn ja auch nicht leicht gemacht. Jetzt begann ich doch zu weinen. Wollte ich nicht damit aufhören? Mit dem ständigen Geheule? dachte ich deprimiert. Ich griff nach Taschentüchern, als es leise an meiner Tür klopfte. Ich sah verwundert zur Uhr. Nach Mitternacht. Wer würde mich jetzt stören. Es musste ein Notfall sein, anders konnte ich es mir nicht vorstellen. Wieder wurde geklopft. Ich erhob mich und ging zur Tür.

„Wer ist da?" fragte ich unsicher, ob ich öffnen sollte. „Ich bin es, Süße" hörte ich Jarrars Stimme leise sagen. Überglücklich öffnete ich die Tür. Jarrar stand davor und hatte seine Hände in den Hosentaschen vergraben. „Es ist später geworden, als ich erwartet habe. Der dämliche Minister konnte kein Ende finden. Er hat sich die ganze Geschichte von Patricia angehört und danach mit mir gesprochen. Jetzt verstehe ich dich endlich. Ich meine, was Patricias Lügengeschichten angeht. Die Frau hat übertrieben und alles dramatischer gemacht als es war." Jarrar raufte sich seine Haare und sah plötzlich unwahrscheinlich sexy aus. Ich schluckte still. „Jetzt ist es so spät und wir haben hier Fahrverbot. Kannst du mich bitte mit dem Golfwagen Heim fahren? Ich bin einfach zu müde zum Laufen" bat er mich jetzt mit einem schiefen Lächeln.

Ich zögerte, dann machte ich die Tür weiter auf. „Komm rein, Jarrar, sei aber leise. Ich habe einen Schlafgast" sagte ich und wies auf JJs Kinderzimmer. Unsicher, wie er auf das Baby in meiner Hütte reagieren würde.

Doch Jarrar starrte nur auf mich. Ich stand in einem kurzen Shorty vor ihm, meine Haare wild und ungekämmt. „Wau, Mädchen, siehst du erregend aus! Warum hast du so etwas Geiles nie im Palast getragen? Warum immer nur diese langweiligen, langen Nachthemden! Man haben die mich abgetörnt." flüsterte er jetzt erregt.

„Das weiß du genau. Das ist doch Tradition. Die Königin muss stets verhüllt sein. Auch im Beischlaf mit ihrem Mann" antwortete ich finster und schwang herum, als Jarrar jetzt leise lachte. Ich wusste plötzlich, warum er lachte. „Eine weitere Lüge von Patricia?" fragte ich wütend. Jarrar lachte immer noch. Verärgert schlug ich ihm auf die Brust. „Sie hat mich belogen! Das ist nicht lustig" fauchte ich. Er zog mich an sich und kicherte weiter. „Doch, sehr lustig" erwiderte er und küsste mich sehnsüchtig.

„Sei leise. Du weckst meinen Besuch" ermahnte ich Jarrar. Er hob seinen Kopf und sah sich suchend um. Dann öffnete er die Kinderzimmertür und nickte, so als habe er sich so etwas gedacht. „Sind die „Eltern" wieder unterwegs?" fragte er mich ironisch und schloss die Tür wieder leise. „Was sollen deine Anspielungen" sagte ich grimmig. „Bitte keinen Streit" sagte Jarrar und zog mich wieder in seine Arme. „Danach habe ich mich den ganzen Tag gesehnt" sagte er heiser Er küsste mich und hob mich hoch. Ich ließ willig zu, dass er mich ins Schlafzimmer trug. Dort stellte er mich kurz ab und zog mir das Oberteil über den Kopf. Sein Mund wanderte von meinem Hals zu meinen Brüsten. Jarrar kniete sich vor mir und sog abwechselnd an den Warzen. Ich stöhnte laut auf und wühlte in seinen Haaren. Er streifte meine kurze Hose herunter und wanderte tiefer. Er verharrte kurz an meinem Bauchnabel und ließ seine Zunge darin kreisen. „Gefällt das meiner Königin?" fragte er leise. Ich konnte nur nicken.

Er half mir aus der Hose und legte mich auf das Bett, dann spreizte er meine Beine und kniete sich zwischen mich. Sein Mund fuhr von den Knien zu meiner Mitte. Ich stopfte mir meine Faust in den Mund, um nicht laut zu schreien, als Jarrar seinen Kopf in meine Scham versenkte und mich zu verwöhnen begann. Ich warf mich hin und her. Was für Wahnsinnsgefühle löste Jarrar in mir aus, konnte ich nur denken. Trotz Faust im Mund schrie ich auf. Jarrar hob seinen Kopf und lächelte. „Du musst leise sein. Ich weiß auch schon wie." Flüsterte er tückisch. Ich hob meinen Kopf. Doch eher ich reagieren konnte, hatte er meine Hände umfasst und griff in seine Jacke. Er förderte ein Band hervor und fesselte mich. Ich wollte wütend aufschreien, doch schon hatte er ein Tuch in der Hand und schob es mir in den Mund. Ich schrie vor Wut, es interessierte Jarrar nicht. Er widmete sich wieder meiner Scham und grinste, als er spürte, wie ich mich verkrampfte und dann in einem heftigen Orgasmus explodierte. Ohne abzuwarten, drehte er mich um. „Vorsicht, jetzt wird es kalt" sagte Jarrar leise. Ich spürte einen Druck an meiner Rosette, dann schob er mir etwas Kaltes in den Po. Ich bockte wie verrückt, doch Jarrar schob es noch ein kleines Stück tiefer. Ich war nass wie nie, ich lief aus, ein weiterer Höhepunkt erfasste mich. Jarrar hielt meinen Hintern fest, öffnete seine Hose und schob sich mit einem lauten Stöhnen tief in mich. „Tue ich dir weh?" fragte er mich abgehackt. Ich schüttelte meinen Kopf und hob meinen Hintern, als er zustieß. Ich kam ihm entgegen, genoss seine Stärke, seine Härte tief in mir. Jarrar bewegte das Teil in meinem Po im Gleichklang mit seinen Stößen. Ich schrie durch den Knebel. Ich wurde fast ohnmächtig vor Lust. Immer wieder explodierte ich und lief aus. „Ist das gut. Das ist der Wahnsinn" keuchte Jarrar. Mit einem leisen Schrei stieß er tief in mich und entleerte sich. Ich bockte ein letztes Mal auf, zu mehr fehlte mir einfach die Kraft.

Jarrar ließ mich aufs Bett sinken und folgte mir. Schwer atmend lag er neben mir und versuchte, mit zitternden Fingern, den Knoten um meine Hände zu lösen. Mit letzter Kraft zog er den Gegenstand aus meinem Po und warf ihn neben sich. „Hat es dir gefallen?" fragte Jarrar mich jetzt noch einmal. Ich zog den Knebel aus meinem Mund und lächelte glücklich. „Ich antworte, wenn ich genug Luft dazu habe" flüsterte ich lächelnd. Dann drehte ich mich zu ihm und wühlte in seinen Haaren. „Was ist, König. Soll ich dich jetzt noch zu deiner Hütte fahren?" fragte ich und hoffte, auf eine bestimmte Antwort. Jarrar erhob sich. Statt einer Antwort zog er sich aus und schob mich weiter ins Bett. Er legte sich neben mich und zog die Decke hoch. „Zufrieden?" fragte Jarrar mich jetzt leise und nahm mich in den Arm. „Nicht wirklich" antwortete ich leise. Jarrar zog verwirrt seine Augen zusammen, als ich unter die Decke griff und das kleine Metallteil hervorzog. „Ein Analplug" erklärte er mir grinsend. „Ich habe draufgelegen" sagte ich. Jarrar lachte leise. „Jetzt bin ich zufrieden" sagte ich und kuschelte mich an ihn. Gemeinsam schliefen wir ein.

Qqqqqqqqqqqqqqqqqqqqqqqqqqqqqqqqqqqqqqqqqqqqqqqqqqqqqqqqqqqqqqqqqqqqq

Wir saßen beim Frühstück. JJ war irgendwann am frühen Morgen wach geworden. Jarrar war leise aufgestanden und hatte sich um ihn gekümmert. Er hatte die Windeln gewechselt und die Flasche erwärmt. Ich war, noch müde, ins Wohnzimmer gestolpert und hatte ihm zugesehen, wie er seinen Sohn fütterte. Was für ein schönes Bild, hatte ich gedacht. Ich hatte spontan zur Kamera gegriffen und ein Foto gemacht. Ich würde es rahmen lassen und es über JJs Bett hängen, dachte ich glücklich.

„Stinkt der Zwerg immer so? Mir ist regelrecht übel geworden, als ich die Windel aufgemacht habe" hatte Jarrar gesagt und mich zum Lachen gebracht. „Er bekommt doch nur Milch. Wie kann er dann so Brezeln". Doch sein Lächeln hatte seinen Worten die Schärfe genommen. Jarrar liebte seinen Sohn. Keine Frage.

Jarrar griff zur Kaffeekanne und schenkte uns nach. Er mochte unseren deutschen Kaffee eigentlich nicht. Doch er trank ihn nun stillschweigend. „Du musst mehr essen, Julia. Du bist zu dünn" sagte Jarrar jetzt. Er hielt mir kleine Brotstücke hin, die ich brav schluckte. JJ lag in seinem Schwinger zwischen uns und gluckste zufrieden. Er spielte mit seinen kleinen Stoffhasen. Wo kam der plötzlich wieder her? Fragte ich mich. Doch Jarrars Stimme lenkte mich ab. „Was hast du heute vor?" fragte Jarrar mich jetzt und schob ein weiteres Stück Brot in meinen Mund. „Morgen ist das Sommerfest. Ich muss die Tanzfläche dekorieren" sagte ich und schluckte brav. Das Brot war voller Konfitüre. Jarrar verzichtete auf Aufschnitt. Er durfte kein Schweinefleisch essen. Ich wusste es natürlich und hatte deshalb darauf verzichtet, als ich den Tisch gedeckt hatte. Schnell trank ich einen Schluck Kaffee hinterher. „Ich werde dir helfen" bot Jarrar mir an.

Es klopfte an der Tür. Verwundert sah Jarrar mich an. Ich ahnte, wer so früh zu Besuch kommen würde. „Komm rein Gaby. Willst du deinen Sohn abholen?" rief ich laut. Ich sah einen großen Schatten in Jarrars Gesicht bei meinen Worten. Gaby hatte verstanden. Sie kam ins Wohnzimmer und lächelte, als sie Jarrar bei uns sitzen sah. Dann zog sie sich einen Stuhl heran. „Eigentlich wollte ich dich fragen, ob du noch eine Nacht auf Junior aufpassen könntest. Sven hat einen Flug nach Paris. Notfall, der Kollege ist krank. Ich könnte mitfliegen. Wir zwei, allein in Paris." Erklärte Gaby und klimperte mit den Augen. Man, konnte die Frau die Wahrheit verdrehen, dachte ich neidisch. „Bitte, wann haben wir denn sonst die Gelegenheit dazu. Wir sind morgen wieder hier. Dann kannst du das Sommerfest in vollen Zügen genießen." Sagte sie lächelnd. „Natürlich passe ich auf" sagte ich und zwinkerte Gaby zu, als Jarrar sich zu JJ beugte. „Der Kleine hat doch immer einen Platz bei mir" setzte ich hinzu. „Du bist super, Kleine" rief Gaby. Sie beugte sich zu JJ und küsste ihn sanft auf die Wange. „Mach es gut, kleiner Mann. Wir sehen uns morgen" Gaby erhob sich und war wieder fort.

„Was ist das denn für eine Mutter!" schimpfte Jarrar verärgert. „Wann kümmert sie sich denn mal um ihr Baby!" Er hob JJ zu sich und kitzelte ihm unter dem Kinn. JJ lachte fröhlich. „Sie sieht JJ öfter, als ich mein Kind in Barmylin sehe könnte! Und ich wäre dort nicht berufstätig!" konterte ich wütend. „Dort würden sich drei fremde Frauen um mein Kind kümmern. Ich müsste um einen Termin anfragen, wenn ich mein eigenes Kind sehen wollte. Du könntest mir den Umgang mit meinem Kind jederzeit verbieten. Wenn du es nicht willst, würde ich mein Kind erst in Jahren wieder in die Arme nehmen können!" schnauzte ich zurück. Ich ließ das Geschirr in die Spüle gleiten und griff mir ein Tuch. Tränen schossen mir in die Augen. Jarrar legte JJ zurück in den Schwinger und zog mich in seine Arme. „Du hast ja Recht, Süße. Aber ich arbeite daran, solche dämlichen Gesetze und Traditionen zu ändern. Es braucht nur Zeit" sagte er leise und schaukelte mich sanft hin und her. Glücklich genoss ich seine Umarmung. „Also, JJ muss jetzt ein wenig schlafen. Und ich muss erst heute Mittag anfangen mit dem Dekorieren." Sagte ich erregt. „Also, ich bin dabei" sagte Jarrar heiser. „Ich werde JJ schlafen legen. Dann gehört deine Dusche mir" flüsterte er dunkel. „Irrtum, König die Dusche gehört uns" flüsterte ich zurück.

6 Kapitel

Ich hängte eine Girlande auf und schmunzelte. Jarrar lag auf dem Rasen und spielte mit JJ auf einer Decke. Ich griff zu meiner Kamera und machte wieder Fotos. Alles Erinnerungen für meinen Sohn, dachte ich glücklich. „Du könntest mir gerne helfen" rief ich Jarrar jetzt zu. Er kam gutmütig zu mir und hob mich hoch, damit ich eine weitere Girlande befestigen konnte. „Danke" sagte ich und küsste Jarrar kurz, als er mich herunterließ.

Lautes Bellen alarmierte Jarrar. Er sah einen großen, schwarzen Hund auf JJ zulaufen. Jarrar sprang über das Gelände und rannte zu unserem Sohn. „Nicht, Jarrar" rief ich und stoppte meinen Ex- Mann. Luna kam nun zu JJ und legte sich zu dem Baby. Ihre Zunge fuhr vorsichtig über seine Wange. Dann hob der Hund seinen Kopf und knurrte, als Jarrar sich dem Baby näherte. „Schon gut, Luna. Das ist der V... Ich meine, das ist mein Freund" verbesserte ich mich schnell. Luna legte den Kopf schief, fletschte jedoch die Zähne, als Jarrar JJ aufhob.

„Meine Luna liebt den Zwerg" sagte Sam jetzt. Er kam langsam näher und blieb an der Tanzfläche stehen. Er sah zu Jarrar und seufzte. „Der Mann sollte sich mal entspannen. Hat er Angst vor Hunden?" sagte Sam grinsend. „ Jarrar und entspannen? Das kann er nicht" gab ich zurück. Jarrar ging mit JJ ein kleines Stück. Luna folgte ihm, es sah zu komisch aus. So, als würde Jarrar mit dem Hund tanzen, dachte ich amüsiert. „Der Hund hat meinen.. ich meine, er hat das Baby angeleckt" sagte Jarrar wütend. Das reichte, dachte ich entschieden. „Das härtet ihn nur ab" rief ich und setzte mich auf die Treppe. Sam setzte sich zu mir und seufzte leise. „Ich werde meinen Platz aufgeben müssen, Julia" sagte Sam jetzt und suchte nach einem Tuch. Ich reichte ihm eine Servierte. „Was musst du?" fragte ich, in der Hoffnung, mich verhört zu haben. „Ich kann die Pacht nicht mehr bezahlen, Julia. Ich schulde deinem Onkel bereits zwei Monate Pacht" sagte Sam jetzt schwer. Ich nickte, dass wusste ich schon. Onkel Theo hatte mit mir darüber gesprochen. „Bis vor vier Monaten konnte ich noch nebenbei verdienen, doch das ist nun vorbei. Mein Rücken. Ich kann nicht mehr schwer heben. Meine kleine Rente reicht nicht einmal, um Lebensmittel zu kaufen. Geschweige denn, für Strom und Pacht." Erklärte der alte Mann mir nun.

Ich griff seine Hand. „Aber du wohnst seit vierzig Jahren hier. Du warst immer hier. Schon, als ich ein Kind war. Du warst ein Freund meiner Eltern." sagte ich laut. „Und du hast JJ das Leben gerettet, als er sich an der Nabelschnur aufgehängt hat" flüsterte ich dann ganz leise, damit Jarrar es nicht hörte. „Wo willst du denn hin" setzte ich hinzu. „Das weiß ich noch nicht" sagte Sam traurig. Ich seufzte. „Ich werde mit Onkel Theo reden. Es muss eine Lösung geben. Du gehörst zu unserer Familie. Du darfst nicht gehen" sagte ich fest. Ich erhob mich und zog Sam mit mir hoch. Dann umarmte ich den Mann liebevoll.

„Julia vom Campingplatz! Du bist zwar keine arabische Königin mehr. Aber scheiß auf deinen idiotischen König von Ehemann! Du bist unsere

Königin. Die Königin vom Campingplatz" sagte Sam. Er sah zum Glück nicht, wie Jarrar hochrot anlief. Sam rief Luna zu sich und ging davon. Lächelnd sah ich ihm nach. „Bis morgen Abend Sam. Und mach dir keine Sorgen. Wir werden alles regeln." rief ich dem Mann hinterher. Sam winkte und ging weiter.

„Du hast also ein neues Königreich, das du dein Eigen nennen kannst, mit weiteren Untertanen, die dich abgöttisch lieben" sagte Jarrar grimmig. „Wie machst du das immer. In Barmylin lieben dich eine Million Menschen und hier lieben dich über 600 Menschen." Jarrar legte JJ in den Wagen und wir schoben zurück zum Büro.

„Als Kind habe ich mit meinen Eltern hier gewohnt. Wir hatten ein Haus an Ende des Weges. In der Woche haben wir in der Botschaft gewohnt. Dort bin ich zur Schule gegangen. Am Wochenende und in den Ferien waren wir immer hier, bei Onkel Theo. Ich bin hier aufgewachsen. Als meine Eltern starben, hatte ich nur noch Onkel Theo und die Menschen hier, die ich seit meiner Kindheit kenne. Ich lasse nicht zu, dass Sam gehen muss!" sagte ich fest. Jarrar nickte nur. Wieder hatte er etwas über meine Jugend gehört. Etwas, dass er nicht gewusst hatte. Es war damals alles zu schnell gegangen, dachte ich. Wir hatten uns verliebt. Dann ging alles schnell, zu schnell. Nachdem die Zeitung davon Wind bekommen hatte, hatte Jarrar mich fast überrollt mit seiner Zuneigung. Er hatte mich nach Barmylin gebracht und eher ich mich versah, war ich gefangen. Gefangen in Traditionen, Gesetzen und Vorschriften. Mein Mann Jarrar, der mich zwar liebte, hatte nie Zeit für mich. Ich war damals nicht erwachsen genug für das alles gewesen, dachte ich. Heute würde ich alles anders machen. Menschen wie Patricia konnten mich heute nicht mehr verunsichern. Heute würde ich sie fertig machen.

Ich sah zur Uhr. „Fünfzehn Uhr. Ich muss bei der Müllannahme helfen" sagte ich. Jarrar nickte. Mittlerweile wusste er, was das bedeutete. Jeden Tag hatten wir eine Stunde den Müllplatz offen. Die Menschen brachten ihren Müll. Er wurde gewogen und abgerechnet. Dann verschwand er in den großen Tonnen, die einmal die Woche abgeholt wurden. Ich überlegte und schluckte dann schwer. Zeit, Vertrauen zu Jarrar zu haben. „Was hältst du davon, wenn du auf JJ aufpasst, wenn ich meinen Dienst tue?" fragte ich Jarrar. Er sah mich strahlend an. „Super gerne. Ich werde mit ihm Eis essen gehen und zum Fußball und dann vielleicht noch in ein Striplokal" sagte Jarrar lachend. Er zog grinsend an meinem Haarschopf, als er mein entsetztes Gesicht sah.

„In einer Stunde holst du mich hier wieder ab. Mit dem Baby." sagte ich streng. Jarrar salutierte. Dann wendete er den Golfwagen und fuhr mit JJ davon. Besorgt sah ich ihm hinterher. Konnte ich ihm wirklich trauen? Ob er gut auf JJ aufpassen würde? Er ahnte auf jeden Fall etwas, das wusste ich. Ich würde es ihm morgen Abend sagen, dachte ich. Jarrar hatte morgen Geburtstag. Es würde ein Geschenk der besonderen Art für ihn werden, überlegte ich.

Jan hatte mir die Flasche Whisky besorgt. Während ich im kleinen Haus bei den Mülltonnen auf die Bewohner wartete, verpackte ich die Flasche und schrieb Jarrar einen Brief.

Pünktlich eine Stunde später hielt der Golfwagen vor der Müllanlage. Jarrar stieg aus und half mir ohne Worte, die schweren Tonnen zu schließen. JJ lag im Wagen und schlief friedlich. „Du hast ihn umgezogen" stellte ich fest. Jarrar nickte. „Der Kleine hat sich vollgespuckt. Ich wusste bis dato nicht, wieviel aus so einem Baby rauskommen kann." Erklärte er mir dann schmunzelnd. Er hielt den Golfwagen vor meiner Hütte und zögerte. „Ich muss meinen Bus endlich mal vom Parkplatz holen" sagte er dann und sah mich bittend an.

„Ich denke, dass hat noch bis morgen Zeit" antwortete ich ihm und reichte ihm die Hand. „Es sei denn, sie sind zu müde zum Spielen, König" setzte ich lächelnd hinzu. „Ich bringe den Golfwagen zum Büro. Ich bin gleich wieder hier" sagte Jarrar glücklich grinsend.

Qqqqqqqqqqqqqqqqqqqqqqqqqqqqqqqqqqqqqqqqqqqqqqqqqqqqqqqqqq

„Alles Gute zum Geburtstag" flüsterte ich und küsste Jarrar leidenschaftlich. Wir lagen in meinem Bett und genossen die Nachwehen des fantastischen Sexes, den wir eben hatten. Jarrar löste seinen Mund von meinem und grinste. Er legte den Analplug beiseite und reckte sich gähnend. „Ein großartiges Geschenk" sagte ich und griff nach dem Metallteil. „Aber eigentlich hast du doch Geburtstag, da solltest du Geschenke erhalten." Sagte ich weiter. Jarrar reckte sich ausgiebig. „Der geile Sex mit dir, ist mir Geschenk genug" antwortete Jarrar. Dann schmunzelte er. „Was haben wir in den letzten

Jahren nur alles versäumt. Und dass nur, weil wir auf falsche Freunde gehört haben" sagte er jetzt. Er ließ sich zurückfallen und zog mich an sich. Verwundert hob ich meinen Kopf. Jarrar seufzte leise. „Patricia hat viel kaputt gemacht. Mir hat die elende Bitch eingeredet, du hättest Angst vor meiner Kraft und Leidenschaft. Du würdest mich nicht nackt sehen wollen. Das würde dich schocken. Unser Sex würde dir unangenehm sein. Du hättest ihr dein Herz ausgeschüttet und ihr gesagt, ich würde dir dabei wehtun" gestand Jarrar jetzt zähneknirschend.

Ich presste mich an Jarrar und küsste seinen Hals, seine Brust und begann an seinen Warzen zu knabbern. „Und, hat sie es geschafft, uns auseinander zu bringen?" fragte ich ihn heiser. Jarrar stöhnte leise. Das was ich tat, gefiel ihm also. „Julia, ich habe so viel falsch gemacht in unserer Ehe. Ich habe dich nicht als ebenbürtige Partnerin gesehen, dich schlecht behandelt" er hob meinen Kopf, um mir in die Augen sehen zu können. „Aber ich habe dich immer geliebt" sagte er ernst. Jetzt kämpfte ich mit den Tränen. „Ich habe nie aufgehört, dich zu lieben, Jarrar. Seit du vor mir gestanden bist. Seit ich dein Bild gemalt habe. Seit dem Moment liebe ich dich". Mein

Kopf wanderte von seiner Brust tiefer zu seinem Bauch und zu seiner Mitte. Er zog scharf die Luft ein, als ich meinen Mund um ihn legte, und sanft zu saugen begann. Er legte sich zurück und genoss meine Zunge, meine Lippen, die ihn verwöhnten. „Sieht es danach aus, als hätte ich Angst vor dir?" fragte ich Jarrar. Ich spreizte meine Beine und ließ mich auf ihn nieder. Ich lachte auf, als er in mir verschwand. Langsam begann ich mich zu bewegen. „Sag, tust du mir weh?" fragte ich und erhöhte das Tempo. Jarrar umfasste meinen Po, er bestimmte jetzt den Rhythmus. Ich schrie und biss ihn in die Schulter, als ich explodierte und auslief. Auch Jarrar kam jetzt tief in mir und riss mich in einen weiteren Strudel der Gefühle. Wir lagen eng aneinander gekuschelt im Bett und schwiegen, als plötzlich sein Telefon klingelte. Genervt nahm Jarrar das Gespräch an.

„Alles Gute zum Geburtstag, Liebling" hörte er die stark angetrunkene Stimme von Patricia sagen. Jarrar fluchte. Er schaltete den Lautsprecher seines Telefons ein, um mich mithören zu lassen. „Der Brief ist heute angekommen. Ich wollte es dir gleich sagen, aber dann dachte ich, ich warte bis nach Mitternacht.

Dann bin ich die erste, die dir zum Geburtstag gratuliert, Schatz." Lallte Patricia. Ich kicherte. Zeit, mich zu wehren, dachte ich amüsiert. „Zu spät, Patricia. Ich war schneller" rief ich in das Mikrofon. Einen Moment herrschte Ruhe. „Die dumme Kuh ist bei dir, Jarrar? Was macht sie bei dir!" fragte Patricia dann.

„Wir haben Sex, Patricia. Geilen, wilden, befriedigenden Sex. Und nichts, was du noch versuchst, wird das ändern" sagte Jarrar zufrieden. „Ach nein? Dann erkläre deine Schlampe doch mal, warum hier ein Brief von einem Labor liegt. Mit dem Ergebnis des Vaterschaftstestes, den du in Auftrag gegeben hast. Ruf zurück, wenn ich ihn für dich öffnen soll!" sagte Patricia. Sie lachte gehässig und legte auf. Erstarrt sah ich Jarrar an. Ich löste mich von ihm und rollte mich von ihm weg. Jetzt wusste ich, was mit dem Stoffhasen passiert war. Jarrar hatte ihn mir im Büro entwendet, um an JJs DNA zu kommen!

Er griff nach mir und hielt mich fest. „Ich bin verzweifelt Julia. Ich wünsche mir so sehr, dass JJ nicht Julius heißt, sondern Jarrar der zweite. Doch du bist so stur. Du und deine Freunde. Spielt ihr alle mir etwas vor? Oder sagt ihr die

Wahrheit? Ich weiß nur, wenn der Test negativ ausfällt, bin ich am Boden zerstört" gestand Jarrar mir nun. Er weinte tatsächlich, als ich mich von ihm lösen wollte. „Ich habe mich vom ersten Augenblick in den Kleinen verliebt! Er ist ein so schönes Kind. Wenn ich mich geirrt habe, dann weiß ich nicht weiter" sagte er. Ich antwortete nicht. Ich riss mich jetzt von ihm los und stand auf.

„Ich verstehe! Das wars also!" sagte Jarrar wütend. Er erhob sich und suchte seine Kleidung zusammen. „Nein, das tust du nicht, Idiot. Du verstehst überhaupt nichts." sagte ich trocken. Ich ging in die Küche und kam mit der Whiskyflasche zurück. Dann reichte ich ihm die Flasche und den Brief, den ich geschrieben hatte. „Lese ihn. Dann kannst du schreien." befahl ich ernst. Ich machte Licht und setzte mich auf einen Stuhl, während Jarrar den Brief öffnete. Langsam las er. Sein Gesicht erhellte sich mit jedem Wort, dass er las. Er hob seinen Kopf und sah mich ungläubig an. Tränen rannen über seine Wangen. „Ist das wahr?" fragte er mich leise, stockend. Ich nickte. „Jarrar ist wirklich mein Sohn? Ich bin sein Vater?" fragte er immer noch nicht glaubend, was er da las.

„Eine Kopie der Geburtsurkunde liegt dabei. Damit kannst du dem Parlament beweisen, dass Jarrar dein Sohn ist" sagte ich zufrieden. „Damit bist du deinen Cousin los, er hat keine Ansprüche mehr auf den Thron." Erklärte ich. Jarrar kam zu mir und hob mich lachend und jubelnd hoch. Er drehte sich mit mir im Kreis. „Das Parlament wird jubeln, wenn ich ihnen Jarrar dem Zweiten präsentiere. Sie werden unseren Sohn wie Gold behandeln!" rief Jarrar glücklich. Er warf mich hoch und fing mich wieder auf. Energisch löste ich mich von ihm und sah ihn ernst an. Er stockte, als er mein finsteres Gesicht sah. „Genau deshalb werden JJ und ich nicht zurückkehren nach Barmylin! Wir beide werden hierbleiben" sagte ich so selbstbewusst, wie ich konnte.

Jarrar starrte mich ungläubig an. „Du willst nicht zurückkommen nach Barmylin? Du willst hier bleiben mit meinem Sohn?" fragte er dann erschüttert und raufte sich seine Haare. Er starrte mich an, nicht wissend, was er sagen sollte. Immer wieder wiederholte er seinen letzten Satz. „Und wenn ich JJ einfach mitnehme, was machst du dann?" fragte er dann grob. Ich schoss herum. War das sein Ernst? Doch dann sah ich die Verzweiflung in seinem Blick und wusste, er meinte seine Worte nicht so. Jarrar fühlte sich machtlos. Es war sein Fleisch und But und er konnte nichts ausrichten. Trotzdem hatte er mich verletzt. „Du kannst ihn nicht einfach einpacken und mitnehmen! JJ hat deutsche Staatsangehörigkeit! Er wurde hier geboren. JJ ist Deutscher!" sagte ich so ruhig wie möglich.

„Er wurde in Barmylin gezeugt. Nur das zählt. Er hat ebenso diese Staatsangehörigkeit. Dafür werde ich sorgen." gab Jarrar zurück. Er sah die Panik in meinen Augen und zog mich, trotz Widerstand, an sich. „Entschuldige vielmals, Süße. Hör nicht auf meine dummen Worte. Ich würde dir JJ nie wegnehmen! Du bist die beste Mutter der Welt. Ich wäre froh gewesen, solch eine Liebe von meiner Mutter bekommen zu haben. Lass uns eine gemeinsame Lösung finden." sagte er. In seinem Gesicht stand Hoffnungslosigkeit, als ich nicht antwortete. Er griff sich seine Hose und begann sich schweigend anzuziehen. Dann nahm er die Whiskyflasche, den Brief und ging.

Traurig sah ich ihm hinterher. Das war also das endgültige Aus für meine Ehe, dachte ich. Jarrar würde wieder gehen und ich wäre wieder allein mit meinem Kind. Halt Stopp, unserem Kind.

Jarrar hatte meinen Brief keine Sekunde angezweifelt. Nun ja, er hatte es eigentlich auch schon geahnt. Diesmal würde er es sein, der ging, nicht ich. Und diesmal würde es keine dritte Chance für uns geben. Plötzlich wurde mir übel. Richtiggehend übel. Ich schaffte es gerade noch zur Toilette und übergab mich. Es war alles zu viel für mich gewesen, dachte ich. Wieder eine Welle von Übelkeit. Ich spuckte und überlegte, was ich denn gegessen hatte, das mir so schlecht werden konnte. Dann schoss mein Kopf hoch. Ich rannte ins Wohnzimmer und suchte panisch nach meinem Terminkalender. Ich blätterte herum, suchte, rechnete und ließ mich schließlich in mein Bett fallen.

Ich ließ mir die Decke über den Kopf und weinte die restliche Nacht.

7 Kapitel

Ich sah Jarrar erst am Abend des Sommerfestes wieder. Ich schenkte Bier aus und lächelte, obwohl mir dazu nicht zumute war. Ich scherzte mit den Bewohnern, die mich alle gut kannten.

Immer wieder glitt mein Blick durch die Menge und suchte nach Jarrar. Wo war der Mann. War er abgereist, ohne sich von mir zu verabschieden? War er einfach, wortlos, gegangen? Ein schwerer Brocken lag auf meinem Herzen.

„Mach Pause, Julia. Du siehst schlecht aus" sagte Jan jetzt und schob sich hinter den Bierstand. Dann hob er seinen Daumen und wies zur Tanzfläche. „Außerdem steht dort hinten ein junger Mann, der bestimmt gerne mit dir tanzen möchte." Jan lächelte, als ich schnell die Schürze abband und meine Haare öffnete. Er lachte leise. „Vergiss es. Du siehst trotzdem scheiße aus, Süße" sagte er und wich meiner Hand aus.

Unsicher ging ich zur Tanzfläche. Einige, wenige Paare drehten sich zur Musik von Queen im Kreis. Jarrar lehnte sich an einer Mauer und starrte mit leerem Blick zum Himmel. Ich blieb vor ihm stehen und stupste ihn sanft an. „Ich liebe Freddy Mercury." Sagte ich leise.

„Soll das eine Aufforderung zum Tanzen sein?" fragte Jarrar mich und verzog amüsiert sein Gesicht. „Könnte man so sagen" gab ich zurück. Ich reichte ihm meine Hand und wir traten auf die

Tanzfläche. Wir drehten uns zu Freddys Stimme und schwiegen einen Moment. Jarrar zog mich fest an sich. „Entschuldige, Süße. Ich habe die Flasche leer gemacht und die ganze Nacht über alles nachgedacht. Erst vor einer Stunde wurde ich wach. Ich kann dich jetzt besser verstehen. Du warst nie wirklich glücklich in Barmylin. Du warst der berühmte Vogel im goldenen Käfig" sagte er und legte sein Kinn schwer auf meinen Kopf. Er nahm alle Schuld auf sich. Das konnte ich so nicht stehen lassen. „Ich habe auch verdammt viele Fehler gemacht, Jarrar. Ich habe mich zu sehr auf dich verlassen. Immer wieder verließ ich mich auf meinen Ritter in glänzender Rüstung. In Wahrheit habe ich mich nicht wirklich um Selbstständigkeit bemüht. Meine neue Rolle hat mich überfordert. Ich war noch nicht erwachsen. Sven sagte neulich, ich muss anfangen, zu kämpfen. Doch das habe ich nie getan. Ich war wirklich sehr naiv" Ich schmunzelte. „Patricia hatte ein leichtes Opfer in mir gefunden. Ich denke nur die Sache mit den Nachthemden" sagte ich und zum ersten Mal grinste Jarrar. „Darüber habe ich lange nachgedacht. Patricia würde Palastverbot bekommen. Sie würde uns nie wieder zu nahekommen können" bot Jarrar an, doch ich schüttelte meinen Kopf. „Sie ist deine Freundin, seit Kindertagen. Willst du dich zwischen uns entscheiden?" fragte ich leise. Er hob meinen Kopf und küsste mich sanft. „Da gibt es nichts zu entscheiden, Süße. Patricia muss weg. Das hätte ich schon lange tun müssen." Flüsterte er grimmig. Die Entscheidung fiel ihm trotz allem schwer. Das spürte ich.

Plötzlich wurde mir hektisch auf die Schulter geschlagen. Verwundert drehte ich mich um. Hinter mir stand, in Tränen aufgelöst, Erika. Sie weinte so sehr, dass ich nur jedes zweite Wort von ihr verstand, doch das reichte schon, um mich in Panik zu versetzen. „JJ ist weg! Ich habe ihn nur fünf Minuten aus den Augen gelassen. Das Telefon im Büro hat ununterbrochen geklingelt! Ich dachte, es sei ein Notfall und bin hin. Als ich zurückkam war das Bett leer. JJ ist entführt worden!" stotterte und weinte Erika. Ich schoss zu Jarrar herum. Auch er hatte Erika verstanden und wurde kreidebleich. „Das ist ein Scherz" sagte ich hoffend, doch Erika schüttelte ihren Kopf. Ich riss an Jarrars Hand und zog ihn über die Tanzfläche zum Büro. Trotz seiner langen Beine fiel es meinem Mann schwer mit mir mitzuhalten. Endlich waren wir am Büro. Dort riss ich die Tür zur kleinen Wohnung auf.

Tatsächlich, JJs Bett war leer. „Es waren wirklich nur fünf Minuten. Länger auf keinen Fall" sagte Erika wieder. Onkel Theo, Jan und sie standen hinter Jarrar und mir. Langsam, ganz langsam drehte ich mich zu Jarrar herum. Wut, unglaubliche Wut spiegelte sich in meinem Gesicht. „Hast du mein Baby entführen lassen?! Ist JJ jetzt schon auf dem Weg nach Barmylin? Hast du ihn wegbringen lassen, um mich zur Rückkehr zu zwingen? Ist das deine Vorstellung von einem Neuanfang?" schrie ich Jarrar an. Tränen liefen über mein Gesicht. Meine Fäuste schlugen unkontrolliert auf ihn ein. Jarrar stand erstarrt vor mir. Panik war in seinem Gesicht zu erkennen. „Nein, du dummes Weib! Das habe ich nicht! Ich habe es dir gestern versprochen. Ich werde dir Jarrar nicht wegnehmen!" sagte Jarrar finster. Er raufte sich die Haare. Tränen lagen in seinen Augen. Dann grunzte er und starrte Erika wütend an. „Sie haben meinen Sohn allein gelassen! Sie haben Schuld! In Barmylin hätte das nie passieren können. Da hat JJ drei Kindermädchen, die ihn bewachen würden." schrie er dann. Erika schrak zusammen. Jarrar sah zum Fürchten aus. Ich hob meine Hand und schlug ihm eine schallende Ohrfeige. Jarrar schreckte zurück und hielt sich seine Wange.

Verwundert sah er auf mich herab. Ich stand zitternd vor ihm. Jarrar nickte schwer. „Das habe ich wohl verdient. Entschuldigen sie, Erika." Flüsterte er und zog mich an sich. „Ich habe JJ wirklich nicht entführen lassen. Er ist doch dein Kind. Das würde ich dir nie antun" sagte er leise.

Onkel Theo räusperte sich. „Aber wer hätte denn sonst ein Interesse an dem Baby" fragte mein pragmatischer Onkel ruhig. Er war der Einzige, der die Ruhe bewahren konnte in solcher Situation. „Wer weiß denn oder ahnt, dass JJ politisch eine große Rolle spielt?" fragte er weiter. Ich überlegte. „Außer euch dreien und uns, könnte nur Jamal etwas ahnen" sagte ich. Dann wurde mir wieder schlecht, als ich es wusste. Ich wusste, wer hinter der Entführung steckte. Plötzlich war mir alles klar. „Ich habe Schuld an der Entführung" sagte ich schwer. „Ich habe Patricia ja förmlich mit der Nase auf die Wahrheit gestoßen! Wenn sie letzte Nacht den Vaterschaftstest gelesen hat, dann kennt sie die Wahrheit" sagte ich weiter. Jarrar nickte langsam. Er schloss seine Augen. Wahrscheinlich dachte er daran, wie seine Kindheitsfreundin sich so schrecklich verändern konnte. Oder dass er die Frau nie richtig gekannt hatte.

Ich hörte eine deren Fluch. „Vom Gelände können sie nicht runter. Die Schranke ist zu und Kameraüberwacht" sagte Jan jetzt. Jarrar grunzte nur. „In Barmylin würden wir jetzt Suchhunde einsetzen. Die sind dafür ausgebildet." antwortete Jarrar nachdenklich. Mein Kopf schoss hoch. „Luna" schrie ich und riss mich von Jarrar los. Ich rannte zum Fest zurück. Sam saß auf einer Bank, neben ihn, wie immer, lag Luna und döste.

„Luna!" schrie ich schon von weitem, der Hund hob träge seinen Kopf. „JJ braucht dich" schrie ich wieder. Jetzt kam Leben in den Hund. Luna sprang auf und kam mir entgegen. Sam folgte, doch das war mir zu langsam. Ich rannte mit Luna in die kleine Wohnung.

Ich erntete nur Kopfschütteln als ich mit dem Hund eintraf. „Bist du dir sicher? Sie ist kein ausgebildeter Suchhund" sagte Jarrar zweifelt. Er machte Luna freiwillig Platz. Mein Mann hatte Angst vor Hunden, wieder eine neue Erfahrung für mich, dachte ich flüchtig, Ich hatte keine Zeit, länger darüber nachzudenken. „Fragst du einen Ertrinkenden, ob er einen Schwimmring möchte?" schnauzte ich Jarrar an. „Luna liebt JJ abgöttisch" Ich hielt dem Hund JJs Schlafdecke hin. Der Hund begann zu schnüffeln.

„Such deinen Liebling, Luna. Wo hat sich JJ versteckt?" fragte ich den Labrador, der jetzt wild schnüffelnd über den Boden lief. Dann bellte Luna und sprang mit einem Satz aus der Tür. Jarrar schnappte sich die Schlüssel des Golfwagens und riss mich hinter sich her. Wir folgten den rennenden Hund durch die riesige Parkanlage, über den Spielplatz, an Jarrars Hütte vorbei, in den kleinen Wald. Vor der hinteren Feuerwehrzufahrt blieb Luna stehen und knurrte leise. Jarrar stieg aus und ging zum großen Tor. „Das Schloss ist aufgebrochen" sagte er zu mir. Er öffnete das Tor. Luna stürmte an ihn vorbei in den Wald. „Scheisse, es wurden hier Wölfe gesichtet." Keuchte ich und kämpfte mit den Tränen. Jarrar schwieg und riss mich an der Hand gnadenlos hinter dem Hund her. Jetzt schlug Luna laut an. Der Hund knurrte und bellte wie verrückt. Ich hob meinen Kopf, als ich Babyweinen vernahm. Auch Jarrar hatte es gehört. Unbarmherzig zerrte er mich durch das Unterholz. Luna war im Dickicht stehen geblieben. Sie stand über einem brüllenden Bündel und fletschte die Zähne. Ihr Blick war irgendwo in der Dunkelheit gefangen. Jarrar wollte JJ aufheben. Der Hund schoss herum und schnappte nach ihm.

„Das hast du sehr gut gemacht, Luna. Ich bin JJs Vater. Ich liebe ihn ebenso, wie du es tust" sagte Jarrar jetzt so ruhig wie möglich. Luna sah Jarrar lange an. Dann ging sie vorsichtig rückwärts und setzte sich auf ihre Hinterbeine. Jarrar nickte und hob den brüllenden JJ in seine Arme. Ich zerrte an dem Bündel. Ich wollte meinen Sohn in die Arme nehmen. Ich wollte mich davon überzeugen, dass ihm nichts passiert war. Jarrar reichte ihn mir und zog seine Jacke aus. Liebevoll wickelte er seinen Sohn darin ein. Dann sah er sich suchend um, doch der Entführer war fort. „Das hast du sehr gut gemacht, Luna" sagte Jarrar glücklich. Er gab Zeichen und der Hund folgte uns zum Golfwagen.

Luna hing über der Rückenlehne, während Jarrar den Wagen zum Büro zurückfuhr. Ihre Zunge ging immer wieder abwechselnd über meine, JJs und Jarras Wange. Doch Jarrar schwieg nur glücklich. Ich presste mein Baby an mich und weinte leise, überwältigt, erschöpft. Ich würde JJ nie wieder loslassen, dachte ich in diesem Moment.

Luna sprang aus dem Wagen, kaum dass wir das Büro erreicht hatten. Sie stürmte ins Büro und legte sich zufrieden zu Sams Füßen. Sam hörte JJ schreien. „Na meine Süße. Scheint ja, als hättest du deinen Liebling gefunden" sagte Sam dann lächelnd und wischte sich eine Träne aus dem Gesicht. „Und der große Mann scheint seine Angst vor Hunden besiegt zu haben" setzte er lachend hinzu.

„Sie war einfach unglaublich. So wundervoll." sagte Jarrar bewegt und legte Sam dankbar die Hand auf die Schulter. „Es waren Wölfe in der Nähe. Sie hat meinem Sohn das Leben gerettet" sagte Jarrar leise. Dankbar nahm er ein Tuch von Erika entgegen und wischte sich das tränennasse Gesicht. „Das haben Sam und Luna das zweite Mal" sagte Onkel Theo nun und schenkte uns allen etwas zu trinken ein. Ich lehnte ab. Ich durfte nicht, doch das verschwieg ich. Fragend hob Jarrar nun seinen Kopf.

„Onkel Theo lächelte mild und prostete den rot gewordenen Sam zu. „JJ wurde hier geboren, Jarrar. Er kam ganz plötzlich, ohne Vorwarnung. Dein Sohn hätte sich fast an der Nabelschnur aufgehängt. Doch Sam ist Sanitäter und konnte das schlimmste verhindern" erklärte Onkel Theo nun. Jarrar hob überrascht den Kopf. „Er wurde nicht im Krankenhaus entbunden?" fragte Jarrar nun und zog seine Augen zusammen. Sam schaltete sich ein. „Ihr Sohn war eine Sturzgeburt. So etwas kommt immer wieder vor. Vor allem wenn die werdende Mutter vorher einen emotionalen Schock erhält" erklärte Sam nun trocken und leerte sein Glas. „Wie zum Beispiel, wenn sie die Scheidungspapiere erhält" sagte Sam. Er kicherte, dann winkte er Luna. „Komm Mädchen. Zeit fürs Bett." Sagte er leise. Jarrar hielt Sam zurück. „Ich wollte die Papiere nicht abschicken. Das Parlament drängte mich." Jarrar fuhr sich schwer über die Augen. „Egal was sie brauchen, Mann. Ich bezahle ihre Schulden und stocke ihre Geldmittel auf!" sagte er dann zu Sam. Der alte Mann blieb nun stehen, mit Tränen in den Augen. „Wenn ich hier meinen Lebensabend verbringen kann, reicht es mir schon, Hoheit" antwortete er dann.

Wir alle schwiegen glücklich und dankbar. „Ich habe eine bessere Idee" sagte jetzt Jan. Er schien lange darüber nachgedacht zu haben. „Wir richten hier eine Krankenstadion ein. Sam wird stundenweise hier arbeiten und kleinere Notfälle versorgen. Bei über 600 Menschen hier gibt es immer was zu tun." Sagte er. Jarrar nickte. „Ich bezahle alles" versprach er und zog mich hoch. Er nahm mir den nun schlafenden JJ ab und reichte mir seine Hand. Er hielt mich fest, während wir zu meiner Hütte gingen.

Eine schmale Frauengestalt kam auf uns zu. Unsicher blieb ich stehen. Jarrar zog verärgert seine Augen zusammen. Er hatte die Frau anscheinend erkannt. „Patricia. Wo kommt die denn her. Weiß sie nicht, wie spät es ist?" fluchte er leise. Ich begann zu zittern und zog an Jarras Arm. Ich wollte meinen Sohn. Ich wollte ihn nehmen und schnell weglaufen. Weit fort von der Frau, die mir Angst machte.

„Hallo Jarrar" sagte Patricia und blieb vor ihm stehen. Verächtlich sah sie auf JJ. Mich ignorierte sie. Wie immer. Wieder zog ich an Jarrars Arm, doch er war nicht willens, mir JJ zu geben. Er verstärkte seinen Duck um das Baby. „Was willst du! Wo kommst du jetzt her!" schnauzte er Patricia an, als sie näherkam.

Patricia lachte leicht hysterisch. „Ich dachte, ich bringe dir den Vaterschaftstest persönlich. Du hast es wirklich geschafft, deiner Frau ein Kind zu machen. Es muss dir sehr viel Mühe gekostet haben." sagte sie nun kichernd. „Außerdem haben wir doch jedes Jahr deinen Geburtstag zusammen gefeiert. Das wollen wir doch nicht ändern." Sagte sie weiter und wollte Jarrar küssen, er wich angewidert zurück.

„Mühe? Eher weniger. Wir hatten eine Menge Spaß dabei" sagte ich leise. Ich schob mich an Jarrar. Ich zitterte, trotz angenehmer Temperaturen. Patricia verzog angewidert ihr Gesicht. Dann wandte sie sich an Jarrar.

„Ist das der kleine Kronprinz? Er braucht die richtige Erziehung, um auf dem Thron zu bestehen. Das heißt, er muss umgehend nachhause gebracht werden. Hier wird aus dem Knaben nur ein dummer Bauernjunge." fragte Patricia hinterhältig und tat so, als sähe sie JJ heute zum ersten Mal. Sie hob ihre Hand, um JJ die Decke aus dem Gesicht zu ziehen. Das wollte ich nicht, dachte ich. Zum Schreien kam ich nicht mehr.

Ein großer, schwarzer Blitz schoss aus der Dunkelheit auf uns zu und riss Patricia noch im Flug zu Boden. Laut knurrend, mit fletschenden Zähnen stand Luna über ihr. Der Hund war außer sich vor Wut. Lunas Sabber tropfte auf Patricias

Gesicht. „Keine Bewegung, keinen Ton" sagte ich plötzlich ruhig. Jarrar stand erstarrt neben mir. Ich ging zu Patricia und sah auf sie herab. „Der Hund hat etwas gegen dich, Patricia. Könnte es sein, dass er dich kennt?" fragte ich sie. Die Frau sah flehend zu Jarrar. Doch er schwieg nur. „Ich habe keine Ahnung! Ich weiß nicht wovon du sprichst, elende Bitch" antwortete Patricia und wischte sich den Hundesabber aus dem Gesicht. Luna senkte den Kopf und knurrte lauter. „Falsche Antwort" sagte ich.

„Jarrar, helfe mir. Ich bin eine Prinzessin. Ich bin doch deine Freundin." sagte Patricia nun und sah Jarrar wieder flehend an. Doch er sah nur kurz zu mir. „Du kommst allein klar?" fragte er mich dann auf deutsch. Ich nickte. „Was hat er gesagt! Sprich vernünftig mit mir. Ich habe kein Wort verstanden" sagte die Frau und schluckte schwer, als Luna ihr die Zähne an die Kehle legte. Ich beugte mich zu Patricia herunter. „Jarrar sagte eben, dass ich mit dir machen kann, was ich will! Du hast unseren Sohn entführt! Du wolltest JJ töten. Du hast Hand an den Kronprinzen gelegt. Das Gesetz kennst du besser als ich." schnauzte ich Patricia an.

Patricia jammerte nun leise. „Nein, ich weiß nicht, was du da redest" sagte sie panisch und versuchte, Luna auszuweichen. Ich schüttelte nur den Kopf. „Wieder falsche Antwort" sagte ich. „Luna wird dich mit vergnügen umbringen. Ein Wink von mir und du wirst es bereuen, je einmal die Hand an mein Kind gelegt zu haben". Sagte ich zornig. Patricias Blick ging hilfesuchend zu Jarrar, doch er hatte sich abgewandt. „Unser Sohn braucht ein Bad und eine neue Windel. Du bist die Königin. Das Gesetz besagt, du hast über das Schicksal einer Kindsmörderin zu entscheiden" sagte er nur in seiner Heimatsprache. Dann war er in meiner Hütte verschwunden.

„Höre mir gut zu, Patricia. Sehr gut. Du wirst dich in Barmylin nie wieder blicken lassen! Du hast ab sofort Landesverbot! Jarrar wird gleich morgen früh ein entsprechendes Dekret aufsetzen lassen. Und diesmal wird er nicht die Unterschrift vergessen! Dafür sorge ich! Betrittst du noch ein einziges Mal das Land, wirst du verhaftet und wegen Entführung und versuchten Mordes an den Kronprinzen, ohne Prozess hingerichtet" sagte ich hart. Ich gab Luna Zeichen und der Hund ging beiseite. Fast bedauernd sah Luna mich an. Sie hätte Patricia gerne gebissen, dachte ich.

Die Frau erhob sich. Hasserfüllt sah sie mich nun an. „Du bist eine kleine Schlampe! Du hast mir damals den Mann genommen. Ich sollte Königin werden. Du hast mir nichts zu sagen! Du kannst mich nicht des Landes verweisen" sagte sie wütend. Ich hob meine Faust, holte aus und schlug ihr mitten ins Gesicht. Ich spürte, wie ihre Nase knackte, als sie brach. Patricia schrie laut auf. Jubelnder Applaus ließ mich Aufsehen. Die Bewohner des Platzes hatten sich versammelt und dem Schauspiel zugesehen.

„Das war für deine ganzen Lügen und Betrügereien. Du hast meine Ehe vergiftet, vom ersten Tag an. Verschwinde, bevor ich Luna doch noch erlaube, auf dich loszugehen." sagte ich hart. Ich griff in Patricias Tasche und holte den Brief mit dem Vaterschaftstest heraus. Sie hatte ihn tatsächlich geöffnet und gelesen. Dann winkte ich Jan. Er zerrte die blutende Patricia durch die Menge. „Dein erster Notfall, Sam" rief Jan lachend. „Nein Danke, Jan. Mein Dienst beginnt erst Montag" rief Sam lachend zurück. Die Menge jubelte, als Jan Patricia zum wartenden Streifenwagen führte. Er sprach kurz mit den Beamten, die die schreiende Patricia in ihren Wagen zerrten und davonfuhren.

8 Kapitel

Jarrar fütterte JJ, als ich meine Hütte betrat. Er hatte JJ gebadet und frisch gewickelt. Er saß auf meinem Sofa und hatte die Füße auf meinem Tisch liegen. Zufrieden sah er zu, wie JJ die Flasche gierig leerte. Wieder griff ich zur Kamera und machte ein Foto. „Du hast einen ordentlichen Schlag am Leib, Hoheit. Erinnere mich daran, nie Streit mit dir anzufangen" sagte Jarrar, als ich meine Jacke über den Stuhl warf. Ich nickte stumm. Jarrar stellte jetzt die Flasche beiseite und legte sich JJ über die Schulter. Dann begann er hin und her zu laufen.

„Du hast es gesehen?" fragte ich dann leise. „Gesehen und gehört. Ich werde gleich morgen früh alles in die Wege leiten." Sagte er dann und blieb stehen, als JJ laut rülpste. „Gut gemacht, Junior" lobte er seinen Sohn stolz. Ob man auch einen Rülpser stolz sein konnte, bezweifelte ich, doch ich schwieg. Wir hätten JJ heute fast verloren. Nicht auszudenken, zu was Patricia noch fähig wäre. Da konnte uns auch ein einfacher Rülpser glücklich machen, dachte ich. „Entschuldige, dass ich dich verdächtigt habe" sagte ich jetzt und sah bittend zu Jarrar. Ich reichte ihm den Brief mit dem Vaterschaftstest, den er achtlos auf den Schrank legte.

Er brachte JJ nun zu Bett und kam wieder. Er griff meine Hand und zog mich zu sich auf das altersschwache Sofa. „Es hat wehgetan, in dem Moment war ich tief verletzt, dass du mir so etwas zutraust. Aber du warst zu Tode erschrocken und verzweifelt. Ebenso wie ich. Entschuldige, dass ich das mit den Kindermädchen gesagt habe. Ich werde mich morgen nocheinmal bei deiner Erika entschuldigen" sagte er und küsste mich. Wir küssten uns lange. Jeder begann von vorne, wenn der andere aufhörte.

„Ich würde gerne bleiben, aber für sportliche Höchstleistungen fehlt mir heute einfach die Kraft" flüsterte Jarrar mir endlich zu. Ich nickte und schmunzelte schelmisch. „Wir könnten es bei Blümchensex belassen" schlug ich vor und lachte, als Jarrar verwundert seinen Kopf hob. „Bei was?" fragte er prompt. „Ich ziehe eins meiner langen, unförmigen Nachthemden an und du holst dir deinen langen Kaftan. Was dann passiert, nennt man Blümchensex" erklärte ich ihm und zum ersten Mal an diesem Abend konnte ich Jarrar laut lachen hören. Ich erhob mich und verschwand unter die Dusche. Ich lehnte meinen Kopf gegen das kalte Scheibe und ließ meinen Tränen freien Lauf. Was für ein Tag, was für ein Abend. Ich zitterte, als ich wieder an Patricia dachte. Die Frau war so voller Hass auf mich, dass sie fast meinen Sohn getötet hätte. Ein leichtes Ziehen in meiner Magengegend erinnerte mich daran, mich zu beruhigen. Fast ungläubig strich ich über meinen Bauch und lächelte plötzlich.

Jarrar lag in meinem Bett und schlief leise schnarchend, als ich das Schlafzimmer betrat. Glücklich lächelnd legte ich mich zu ihm. Ich schloss meine Augen. Ich wollte nicht darüber nachdenken, was morgen sein würde. Was kommen musste. Diese Tage hier bei mir, die waren gestohlen. Jarrar hatte ein ganzes Königreich zu regieren. Eine Million Menschen warteten auf seine Heimkehr. Auf eine Heimkehr mit Königin und Kronprinz. Jarrars Arm zog mich fest an sich. Er steckte seinen Kopf in meine Mähne und seufzte zufrieden. Ich kuschelte mich an ihn und keine Sekunde später schlief auch ich tief.

Qqqqqqqqqqqqqqqqqqqqqqqqqqqqqqqqqqqqqqqqqqqqqqqqqqqqqqqqqqqqqqqqqqqq

Das erste, was ich am nächsten Morgen merkte, war der schwere Arm, der fehlte. Kein Arm lag auf mir und hielt mich fest. Schlaftrunken sah ich mich um. Das Bett neben mir war leer. „Jarrar?" rief ich, doch keine Antwort. Ich erhob mich unsicher und griff nach meinem langen Shirt. Dann ging ich in die Küche. Keine Spur von Jarrar. Eine Sekunde erschrak ich. Ich rannte ins Kinderzimmer. JJ schlief, frisch gewickelt und gefüttert, in seinem Bett. Ich atmete auf, und schämte mich gleich darauf für meinen Verdacht. Ich lief ins Wohnzimmer und sah zum Schrank. Der Brief mit dem Vaterschaftstest war verschwunden. Dafür lag mein edelsteinbesetzter Schleier dort. Ich nahm ihn und hielt ihn hoch. Mein Hochzeitsschleier. Jarrar hatte ihn mitgebracht, um ihn mir erneut zu überreichen. Doch dann hatte er es sich anscheinend anders überlegt. Wahrscheinlich hatte er aufgegeben.

Ich ließ mich schwer auf das Sofa fallen und unterdrückte meine Tränen. Keine Ahnung, wie lange ich dort saß. Ohne einen klaren Gedanken fassen zu können. Dann gab ich es auf und ging ich in die Küche. Dort setzte mir Kaffee auf.

Ich saß am Küchentisch und trank nachdenklich meinen Kaffee, als es an der Tür klopfte. Freudig hob ich meinen Kopf. War Jarrar doch noch zurückgekommen? War er nur kurz in seiner Hütte gewesen, um sich umzuziehen? „Komm rein!" rief ich fröhlich. Doch umgehend wurde meine Freude gedämpft. Es war Jan, der sich zu mir setzte. „Der Idiot ist weg" sagte er nur und schenkte sich ebenfalls Kaffee ein. Ich nickte nur, reden wollte ich nicht. Jan seufzte. Dann schwieg er einen Augenblick. „Er kam gleich heute Morgen ins Büro. Er übergab mir die Schlüssel zu seiner Hütte und sagte, er würde erst mal verschwinden. Keine Ahnung, wann er zurückkehren würde. Ich solle mich um den Garten kümmern. Vor allem um die Studentenblumen." Erzählte Jan weiter. Er griff zur Küchenrolle und reichte mir ein Tuch. Geräuschvoll putzte ich mir die Nase. „Sieh es mal positiv, Süße. Er hat fast drei Wochen durchgehalten. Eine reife Leistung für jemanden mit einem goldenen Hintern." Jan wischte mir mit dem Daumen eine Träne aus dem Gesicht. „Er liebt dich wirklich, Süße. Er hat alles versucht, um dich zurückzugewinnen. Anscheinend hat er jetzt aufgegeben." Jan erhob sich und nickte mir zu. „Mach dir heute einen ruhigen Tag. Du siehst immer noch scheiße aus. Hast du dir etwas eingefangen?" fragte er mich jetzt. Ich nickte. Und ob ich mir etwas eingefangen hatte, dachte ich. „Ich denke, ich bekomme eine Sommergrippe" sagte ich nur. Jan nickte schweigend. „Die gleiche Grippe, wie im letzten Jahr, als du hier aufgetaucht bist?" fragte er mich dann und lächelte, als ich rot anlief.

Qqqqqqqqqqqqqqqqqqqqqqqqqqqqqqqqqqqqqqqqqqqqqqqqqqqqqqqqqqqqqqqqqqqqq

Mein Telefon klingelte, als ich auf dem Rasen lag und mit JJ spielte. Es war mittlerweile September. Wir genossen die letzten, warmen Tage. Bald würde es kalt werden. Dann würde mein kleiner Sohn seinen ersten Schnee sehen. JJ würde im Schnee spielen, ohne seinen Vater, dachte ich traurig. Ich schickte Jarrar jeden Tag Fotos von JJ.

Jeden Tag mindestens vier oder fünf Bilder. Ich wollte ihn auf den Laufenden halten bei JJs Entwicklung. Die Bilder sah er sich an, das konnte ich erkennen. Doch nie bekam ich eine Antwort.

JJ konnte jetzt sitzen und begann zu krabbeln. Nichts war mehr sicher vor meinen kleinen, unternehmungslustigen Sohn. Auch jetzt machte er sich auf den Weg, um zu dem Lärm machenden Objekt zu kommen. Schnell erhob mich und griff nach dem Telefon. JJ krähte wütend. Zu gerne hätte er es gehabt. Jarrar versäumte wirklich viel, dachte ich. Er war jetzt fast drei Monate fort. Drei lange Monate, die ich einsam und allein in meinem Bett lag. Meine Hand strich sanft über die ganz leichte Wölbung meines Bauches und ließ mich lächeln.

„Hallo, Julia!" hörte ich Gaby durch das Telefon schreien. Ich zuckte zusammen. „Ja, Hallo, ich bin hier" antwortete ich schnell und konzentrierte mich auf das Gespräch. Es musste wichtig sein, wenn meine Freundin mich von unterwegs anrief. Ich wusste, sie waren irgendwo im Süden zugange.

„Du glaubst nicht, was Sven und ich gerade erfahren haben. Es ist in allen Medien! Im Radio,

Ferngesehen und Zeitungen!" schrie Gaby aufgeregt. Dann holte sie tief Luft. „Wir sind hier im Zwischenstopp in Barmylin. Jarrar will abtreten! Er will seinen Thron freiwillig abgeben!" schrie sie dann so laut, dass ich den Hörer vom Ohr hielt. „Du lügst. Du hast wahrscheinlich etwas falsch verstanden." Sagte ich tonlos und ließ mich auf den Rasen sinken. Gaby seufzte. „Das dachten wir auch. Doch dann trafen wir einen gewissen Jamal. Er ist jeden Tag hier auf dem Flugplatz, um auf dich zu warten, so sagte er. Er erklärte uns die Mitteilungen. Es stimmt wirklich. Warte mal" sagte Gaby. Dann hörte ich plötzlich Jamals Stimme.

„Königliche Hoheit? Sind sie es wirklich?" fragte er mich dann unsicher. „Ja, ich bin es Jamal" antwortete ich auf Arabisch. Ich konnte den Mann aufseufzen hören. „Ich weiß nicht, was die Frau ihnen gesagt hat, Hoheit. Ich spreche ja kein Deutsch, aber Jarrar will abdanken! Er will den Thron seinem Cousin überlassen. Das Volk ist voller Angst. Sie wissen, was passiert, wenn Yussuf an die Macht kommt". Jamal schluckte kurz. „Das Volk hat gefeiert. Drei Tage lang, als sie von dem kleinen Kronprinzen erfuhren. Und dann landete der Jet des Königs. ohne euch, Hoheit.

Ohne Kronprinzen. Das Volk war so enttäuscht. Ich konnte nicht glauben, dass es so enden sollte. Ich habe sie und Jarrar doch erlebt. Dort auf dem merkwürdigen Platz. Sie beide waren dort glücklich. Ich habe es jedem in Barmylin erzählt. Ich bin so stolz, den Kronprinzen gesehen zu haben. Ich sagte Jarrar, dass er Geduld haben soll. Dass sie zu ihm zurückkommen. Ich fahre jeden Tag hierher, um nach ihnen Ausschau zu halten. Doch jetzt will Jarrar nicht mehr regieren. Der König sieht schlecht aus. Er will zurück zu ihnen. Er sagte im Fernsehen, wenn er zwischen Macht und Liebe wählen muss, dann wählt er die Liebe." Sagte Jamal. „Ich komme jeden Tag zum Flugplatz und sehe mir die Passagiere an. Jeden Tag hoffe ich, dass ich sie finde" wiederholte Jamal traurig. Jamal reichte das Telefon an Gaby zurück.

„Hör mir gut zu, Süße. Dein Mann braucht dich! Und zwar jetzt und hier! Schwinge deinen süßen Hintern her! Sven lässt gerade seine ganzen Beziehungen spielen, um einen Direktflug für dich zu organisieren." Sagte Gaby streng. Ich schwieg. Ich war erstarrt und unfähig, etwas zu sagen. „Liebst du deinen Mann?" fragte Gaby streng. „Natürlich" sagte ich. Wieder wurde das

Telefon weitergereicht. „Dann geht um Elf Uhr ein Flug von Fuhlsbüttel für dich. Werfe einige Klamotten für dich und JJ in einen Koffer und komm her. Jamal wird auf dich warten! Morgen will Jarrar im Parlament die Verzichtserklärung unterschreiben. Dann ist alles aus. Das Land versinkt wieder in das letzte Jahrhundert. Das musst du verhindern. Eine Million Menschen verlassen sich auf dich!" sagte jetzt Sven ins Telefon.

Ich schluckte tief. Jarrar wollte mir zur Liebe auf den Thron verzichten? Er war immer gerne König gewesen. Unter seiner Herrschaft war das Land aufgeblüht. Er wollte das alles aufgeben, um mit mir und JJ hier das einfache Leben zu leben? Ohne Luxus, Diener und Königreich? Ich nickte, doch das konnte Sven natürlich nicht sehen. „Ich komme! Sag Jamal, er kann mich morgen Früh am Flugplatz abholen" sagte ich fest. Dann legte ich auf. „Okay mein Sohn. Jarrar ist verrückt geworden. Fliegen wir zu deinem Vater und rücken ihm den Kopf zurecht" sagte ich grinsend. JJ fiel hinten über und lachte.

Qqqqqqqqqqqqqqqqqqqqqqqqqqqqqqqqqqqqqqqqqqqqqqqqqqqqqqqqqqqqqqqqqqqq
q

9 Kapitel

Jamal hielt die große Limousine vor dem Parlamentsgebäude und sah skeptisch die große Treppe empor. „Es hat bereits begonnen, Hoheit. Schade, dass ihr Flug Verspätung hatte. Wir kommen wohl doch zu spät. " Er seufzte leise. Auch ich sah zum großen Parlament. Ich hatte das Gebäude noch nie betreten. Eine Frau hatte hier bislang noch keinen Platz in der Politik gehabt.

„Noch hat mein Mann nicht unterschrieben" gab ich energisch zurück. Die Sitzung hatte vor 30 Minuten begonnen. Jamal war durch gähnend leere Straßen gefahren- Jeder Einwohner in Barmylin saß vor dem Fernseher oder dem Radio, um der entscheidenden Versammlung zu folgen. Sie wurde in den Medien übertragen. Jetzt sprach das Oberhaupt des Parlaments. Er zählte die Erfolge und Errungenschaften unter Jarrars Herrschaft auf. Er las verschiedene Punkte aus dessen Leben vor. Ich nickte Jamal dankbar zu und stieg aus dem Wagen. Dann sah auch ich zur Treppe empor. Zwei Wachen standen vor der riesigen Tür und ließen niemanden ins Gebäude.

An denen musste ich vorbei, wollte ich zu Jarrar kommen. Ich fragte mich wie. Wie kam eine Frau in das imposante Gebäude.

In einem Tuch, sicher an meiner Brust, schlief JJ. Er seufzte im Schlaf und gab mir den Mut, den ich jetzt brauchte. Jarrar brauchte mich, nur das zählte. Ich schob meinen Schleier zurecht und stieg die Treppe empor. Jamal folgte mir im angemessenen Abstand. Bereit, mich zu beschützen. Vor den Wachen blieb ich stehen. Sie kreuzten streng ihre Waffen, als ich an ihnen vorbei wollte.

„Zutritt verboten" sagte einer der beiden hart. Ich lächelte und plötzlich stutzen beide. Sie verbeugten sich tief. „Königliche Hoheit. Königin Kira." sagte beide. Ich nickte erneut. „Ich muss darein, Männer" sagte ich bittend. Doch die Wachen verneinten. „Wir dürfen niemanden hier reinlassen. Das kann uns den Job kosten. Oder sogar im Gefängnis landen." sagte einer der Männer. Das verstand ich und holte tief Luft. „Ihr müsst mir helfen, Männer. Ich bin hier, um dem König zu helfen, Männer. Dem König und dem ganzen Volk. Das bin ich allen schuldig." sagte ich so selbstbewusst wie möglich. Die Männer zögerten. „Ich möchte dem König ein Geschenk überbringen" sagte ich jetzt bittend. Ich schob das Tuch ein wenig beiseite und ließ beide Männer einen Blick auf JJ erhaschen. Sie sahen sich kurz an und nickten dann. „Folgen sie mir bitte Hoheit. Wir müssen uns beeilen, wenn wir das Volk noch retten wollen." Sagte der Mann nun freundlich. Er eilte durch die Gänge, ich folgte ihm, so schnell ich konnte. Vor einer großen Tür blieb er stehen und nickte. Er ließ mich in den Saal schlüpfen. Ich blieb zögernd im Schatten des Saales stehen und lauschte der herrischen Stimme.

„Königliche Hoheit. Wir haben unser Plädoyer gehalten. Ihr seid ein guter, gerechter König. Nie gab es Grund für einen Widerspruch. Ihr habt immer weise und überlegt gehandelt. Das Volk war zufrieden unter eurer Herrschaft. Es ist euer Privatleben, dass euch zu dieser folgenschweren Entscheidung treibt" schloss das Oberhaupt nun seine Rede.

Zögernd erhob sich Jarrar und blieb im Saal stehen. „Meine Herren Minister. Abgeordnete der ganzen Bezirke. Ich war gerne euer König. Immer habe ich das Amt mit Freude und Stolz ausgeführt. Nie gab es Zweifel für mich. Mein Leben war geplant und bestimmt. Vom Tag meiner Geburt bis zu meiner Hochzeit und meinem Tod. Doch das änderte sich schlagartig. Vor gut vier Jahren lernte ich Königin Kira kennen und lieben. Ich brachte sie hierher und machte Fehler. Viele Fehler. Ich nahm vieles für zu selbstverständlich und habe meine Frau dadurch oft verletzt. Unsere Liebe blieb dabei auf der Strecke. Kira hatte allen Grund mich zu verlassen, als sie glauben musste, ich würde mir eine weitere Frau nehmen. Viele von ihnen sagten, es sei besser so. Meine Frau würde sich unserem Leben nicht anpassen. Ich solle sie vergessen und eine einheimische Prinzessin heiraten! Doch ich wollte meine Frau nicht kampflos aufgeben. Ich lernte ihre Sprache, wie sie meine lernte. Ich flog zu ihr, um zu versuchen, mich in ihr Leben einzufügen, wie ich verlangt hatte, sich in mein Leben einzufügen. Ich geriet schnell an meine Grenzen und merkte, was Königin Kira alles für mich aufgegeben hat. Ich lernte meine eigene Ehefrau neu kennen und lieben. Und sie hat mir ein wunderbares Geschenk gemacht. Ich durfte Vater sein. Es war ein berauschendes Gefühl. Nie war ich glücklicher als in den Momenten, da ich Jarrar den Zweiten, in meinen Armen halten durfte. Ich will ihn aufwachsen sehen. Ich will dabei sein, wenn er seine ersten Schritte macht.

Ich will nicht nur ein Video davon geschickt bekommen!" sagte Jarrar laut, sich bewusst, dass seine Rede von einer Million Menschen gehört wurde. Das Volk von Barmylin war sehr kinderlieb. Mit seinen Worten hatte Jarrar die Herzen aller dieser Menschen erobert.

„Ich liebe Barmylin und das Volk. Doch noch mehr liebe ich meine Frau! Wenn, meine, über alles geliebte Frau Kira, nicht in meiner Welt leben kann, werde ich in ihrer leben. Ich werde zu Frau und Kind zurückkehren. Deshalb werde ich hier und heute.." sagte Jarrar weiter.

10 Kapitel

„Nicht!!! Abdanken" rief ich so laut ich konnte. Ich trat langsam, mich den herumschwenkenden Kameras bewusst, aus dem Schatten. Alle Kameras, und Mikrofone waren nun auf mich gerichtet. Jarrar schreckte zusammen, als er meine Stimme hörte. Er rührte sich nicht. Anscheinend glaubte er zu träumen.

Ich ging die lange Flucht bis zur Mitte herunter, bemüht, möglichst gerade und elegant zu laufen. Das war alles andere als leicht, denn JJ war wachgeworden und begann verärgert im Tuch zu strampeln.

Jetzt hatte auch Jarrar begriffen, dass er doch nicht träumte. Er schwang herum, und kam mir Freudestrahlend entgegen. Ich reichte ihm meine Hand drückte seine fest. Mehr Zuneigungs-Bekundungen waren in Anbetracht des Parlaments und der vielen Kameras unangebracht, dachte ich plötzlich verlegen.

„Scheiß drauf" flüsterte Jarrar in Deutsch. Er zog mich an sich und küsste mich leidenschaftlich. Ein Kuss, dem eine Million Menschen zusahen. Jubelrufe von der Straße drangen bis in den Saal. Das Volk rief seine Freude laut durch die Straßen. JJ wurde unruhig. Ihm war langweilig. Laut krähte er seinen Unmut heraus. Die Kameras schwenkten nun auf das Tuch, das ich trug. Ich nickte Jarrar zu. Liebevoll hob er JJ aus dem Tuch und hielt ihn in den Armen. Eine Träne rann über seine Wange. Ich hob meine Hand und wischte sie ihm fort, mir bewusst, dass Millionen Augen es sahen.

„Er ist so groß geworden, Süße" flüsterte Jarrar mir auf Deutsch zu. Ich nickte nur. „Und schwer" sagte ich dann und legte meine Hand auf die kleine Wölbung meines Bauches. Jarrars Blick folgte meiner Hand und riss überrascht die Augen auf. „Später, das hier ist JJs großer Moment. Präsentiere deinem Volk den Kronprinzen" sagte ich leise. Jarrar nickte glücklich und hob JJ in die Luft. Jetzt war mein Sohn auf allen Fernsehern des Landes zu sehen. Als wäre sich JJ des Moments bewusst, lachte er jetzt fröhlich und ließ alle Welt seinen ersten Zahn sehen. Wieder drangen laute Jubelrufe zu uns in den Saal.

Die Abgeordneten erhoben sich nun und kamen zu uns. Sie verbeugten sich tief. Das Oberhaupt trat näher, um JJ zu bewundern. Ein Fehler, denn mein Sohn liebte Haare. Er erwischte den Bart des Mannes und zog lachend daran. Es sah zu komisch aus. Der Mann versuchte sich zu befreien, doch JJ hielt fest. „Königliche Hoheit, ihr tut mir weh" sagte der Mann fast flehend zu JJ. Jarrar reichte mir JJ und begann seine kleinen Finger aus dem Bart des Mannes zu lösen. Mir, als Frau, war es verboten, einen fremden Mann zu berühren. Wieder kam es mir übel hoch. Doch dann drückte ich mein Kreuz durch. Ich hatte mich für Jarrar entschieden. Für ihn und sein Leben. Zusammen konnten wir vieles ändern, vieles verbessern, dachte ich. Diesmal würde es anders werden. Ich würde kämpfen und mir nichts mehr gefallen lassen. Und, was wichtiger war, ich konnte mich Hundert Prozent auf die Liebe meines Mannes verlassen. Jarrar würde hinter mir stehen.

Endlich hatte Jarrar den Mann befreit. Das Oberhaupt ging zu seinem Platz zurück, lächelnd, stolz, den Kronprinzen so nahe gewesen zu sein. „Also königliche Hoheit. Würden sie ihre Rede dann bitte beenden? Auch wenn die Unterbrechung als überraschend und charmant zu bezeichnen ist" sagte der Mann nun bewegt.

Jarrar trat vor und hielt JJ fest in seinem Arm, die andere Hand reichte er mir, als ich mich zurückziehen wollte. Ich hatte als Frau bei einer wichtigen Rede nichts zu suchen. Rein rechtlich hatte ich den Saal nun zu verlassen. Doch Jarrar hielt mich felsenfest. Dann hob er seinen Kopf.

„Ich, König Jarrar werde mein Volk auch weiterhin gerne führen. Ich bin stolz und glücklich, euer König zu sein. Ich werde meine Kraft und meine Intelligenz auch weiterhin in den

Dienst dieses Landes stellen, bis mein Sohn alt und reif genug ist, dieses Amt zu übernehmen. Zusammen mit Königin Kira, der Frau an meiner Seite, werde ich das Land auch weiterhin ins moderne Zeitalter führen. Es wird immer Gegner und Kritiker gegen unsere Regierungsform geben. Doch wir hoffen, es werden friedliche Auseinandersetzungen werden. Es wird lange dauern und nicht immer einfach werden. Doch mit meiner Frau, an meiner Seite bin ich voller Zuversicht" sagte Jarrar fest. Ich drückte bejahend seine Hand.

Das Oberhaupt verneigte sich nun tief. „Wir haben eure Worte zur Kenntnis genommen, Hoheit. Wir, das Volk von Barmylin, sind stolz, euch auch in Zukunft als König zu haben. Möge es eine glückliche Zukunft sein" schloss der Mann dann tief bewegt. Jarrar deutete eine Verbeugung an und zog mich dann aus dem Saal. Er grinste, als er die Limousine am Ende der Treppe stehen sah. „Jamal?" fragte Jarrar mich leise. „Ich nickte. „Er und meine Freunde Gaby und Sven, haben mich gerade noch rechtzeitig zurückgeholt" erklärte ich.

Jamal hielt uns die Wagentür auf und strahlte über das ganze Gesicht, als Jarrar ihm die Hand reichte. „Gut gemacht, Freund" sagte mein Mann bewegt. Jamal wurde kreidebleich. „Nicht in Ohnmacht fallen, Jamal, du musst uns Nachhause fahren" sagte ich lächelnd.

Die Limousine kam nur langsam voran. Überall auf den Straßen standen glückliche Menschen und warfen Blumen in den Wagen. JJ schnappte danach und Jarrar konnte gerade noch verhindern, dass unser Sohn sie sich in den Mund steckte. „Du bist tatsächlich zurückgekommen" sagte Jarrar jetzt und drückte meine Hand, um sich davon zu überzeugen. Dann hob er seine Hand, um mir den Schleier vom Kopf zu nehmen. Ich hinderte ihn daran. „Du musst ihn nicht mehr tragen. Ich habe das Gesetz annulliert. Das Tragen ist jetzt freiwillig. Ich weiß doch, wie du es gehasst hast" sagte Jarrar und wollte wieder am Schleier ziehen. „Und ich habe erkannt, dass ich falsch lag mit meinem Hass. Der Schleier macht mich nicht zur Sklavin meines Mannes! Er zeichnet mich vielmehr aus. Ich bin stolz, ihn tragen zu dürfen. Denn er zeigt jedem Mann, dass ich dir gehöre, dem Mann, der mich liebt und beschützt" gestand ich und wurde leicht rot. „In Deutschland tragen die Frauen Eheringe, nie würde eine Frau deshalb auf die Idee kommen, eine Sklavin zu sein." erklärte ich ehrlich. Ich hob meinen Kopf und küsste Jarrar.

Jarrar nickte nur. „Ich habe gehofft, dass du das irgendwann erkennen würdest" sagte er bewegt. Ich zuckte mit den Schultern und kicherte. „Es hat ja auch nur vier Jahre gedauert, bis ich es begriffen habe" sagte ich. JJs Fuß traf meinen Bauch. Sofort legte ich beschützend meine Hand darauf. Das erinnerte Jarrar an etwas und er grinste breit. Dann schob er seine freie Hand unter meine Jacke und fühlte die leichte Wölbung. „Ist es wahr?" fragte er mich dann zögernd, fast ungläubig. „Nein, ich bin nur dabei, fett zu werden" gab ich lachend zurück und gab ihm eine liebevolle Kopfnuss. „Du bist unglaublich, Julia Schneider" flüsterte Jarrar bewegt. Er küsste mich andächtig, sanft. „Drei Jahre haben wir es umsonst versucht, und nun klappt es, wie nichts" flüsterte er bewegt. „Wahrscheinlich haben wir die letzten Jahre immer etwas verkehrt gemacht" überlegte ich und lief erneut rot an. „Danach werden wir uns etwas wegen Verhütung überlegen. Die beiden reichen für den Anfang und für die Thronsicherung" sagte ich streng. Jarrar nickte nur und strich weiter über meinen Bauch. Jamal konnte Jarrars Geste im Rückspiegel sehen, doch er würde schweigen, darauf konnten wir uns verlassen.

Der Wagen hielt jetzt vor dem Palast und ich schluckte schwer. Das Gebäude war drei Jahre lang mein Gefängnis gewesen. Mein selbsterwähltes Gefängnis. Jarrar nahm JJ in den Arm und zog mich die Treppe hoch. Das Personal hatte sich versammelt, um mich willkommen zu heißen. Jarrar lachte leise, als wir an allen vorbeigingen und ich vielen von ihnen die Hand reichte und alle mit ihren Namen ansprach. „Sie sind alle wiedergekommen, Julia. Ich sehe Gesichter von Menschen, die gegangen sind, als du fort warst" flüsterte Jarrar mir ins Ohr.

Jarrar zog mich die Treppe hoch zu meinen Gemächern. Ich atmete tief ein, als er nun die Türen weit aufstieß. Dann blieb ich überrascht stehen. Hier hatte sich alles vollkommen verändert. Es gab keine zwei getrennten Gemächer mehr! Jarrar hatte die Zwischentür entfernen lassen und stattdessen ein Rundbogen einbauen lassen. Ein großes, gemeinsames Bett stand an einer Wand. Mein Ankleidezimmer war noch immer am selben Ort. Doch Jarrars Räume waren in ein Kinderzimmer verwandelt worden.

Vor dem Raum stand ein bequemes Sofa, von dem sich nun schüchtern ein junges Mädchen erhob. Das Mädchen knickste nun.

„Das ist Suri. Sie wird auf JJ aufpassen, wenn du verhindert bist. Und nur dann. Ansonsten unterliegt die Erziehung unserer Kinder einzig dir" erklärte Jarrar mir. „Ich hoffe, du bist damit einverstanden." Unsicher wartete er auf eine Antwort von mir. Ich ging glücklich durch die modernisierten Räume und konnte es nicht fassen. Wie hatte sich hier alles verändert, dachte ich. Dann nahm ich JJ und brachte ihn zu Suri. „Hallo Suri, das ist JJ. Du kannst gleich mal damit anfangen, den kleinen Kronprinzen zu wickeln und dann mit ihm im Park spazieren gehen" erklärte ich dem hochroten Mädchen, dass nun eifrig nickte und JJ auf dem Arm nahm. Ich wandte mich zu Jarrar. „Ich glaube, ich bin die nächsten zwei Stunden verhindert" setzte ich augenzwinkernd hinzu. Dann wandte ich mich wieder zu Suri. „Wenn er Hunger bekommt, eine Banane, püriert. Er ist ein einfaches Baby. Er braucht keine besondere Kost!" ordnete ich an. Das Mädchen nickte nervös und ging mit JJ davon.

Jarrar lachte schallend, als Suri fort war. „Die beiden sehen wir wirklich erst in zwei Stunden wieder. JJ wird jetzt wie ein König durch den Palast getragen und überall verwöhnt." sagte er dann amüsiert. „Umso besser. Dann haben wir ja Zeit" antwortete ich und ging in die Knie. Ich schob Jarrars Kaftan hoch und erstarrte. Unter dem langen Teil trug er die kurze Shorts aus Deutschland! Wieder hörte ich Jarrar lachen. „Ich trage das Teil fast jeden Tag. Es erinnert mich an unsere schönen Tage." Jarrar lächelte und zog sich seinen Kaftan über den Kopf. „Und an unsere schönen Nächte" setzte er hinzu und ließ zu, dass ich die Shorts öffnete. Er stöhnte, als ich ihn wieder mit Mund und Zunge verwöhnte. Während mein Mund ihn verwöhnte, zerrte ich ihm die Shorts von den Beinen. Dann dirigierte ich ihm zum Bett. Jarrar verstand und ließ sich darauf nieder. Er lehnte sich zurück und genoss es sichtlich. Er stöhnte und keuchte, dann versteifte er sich kurz und kam mit einem lauten Aufstöhnen. Ich erhob mich, doch Jarrar hielt mich fest. „Ziehe dich aus und lege dich hin. Ich bin gleich wieder hier" befahl er streng. Freudig befolgte ich seinen Befehl. Er verschwand ins Badezimmer und kam gleich darauf wieder. Er ging zu einer Wand und steckte einen Schlüssel in ein verstecktes Schloss. Er öffnete eine Tür und lächelte, als er mein überraschtes Gesicht sah. Eine stattliche Ansammlung von Sex Toys kam zum Vorschein. Er überlegte kurz und kam mit mehreren Teilen zurück. Er griff meine Hände und schob sie in zwei Manschetten, die verbunden waren. Dann befestigte er diese an einem Haken am Kopfende. Ich schrie leise auf, als er an mir zog und meine Hände über mir hingen. Er küsste mich kurz, dann wanderten seine Lippen von meinem Hals zu meinen Brüsten. „Sag mir, wenn ich dir weh tue. Ich will weder dir noch unserem Kind schaden" flüsterte Jarrar. Er wartete, bis ich nickte. Dann sog und leckte er an meinen Warzen bis sie hart und groß wurden. Er griff neben, sich befeuchtete zwei Gummiringe und stülpte sie über die Brustwarzen. Es schmerzte, doch eine Welle von Lust raste plötzlich durch meinen Körper und ließ mich heftig aufbocken. Jarrar nickte zufrieden. Die Brustwarzen hatten nun keine Möglichkeit mehr, sich zurückzuziehen. Sein Mund wanderte tiefer, verharrte kurz über meiner Wölbung und liebkoste das ungeborene Kind. Ich keuchte, stöhnte und wurde triefendnass. Jarrar schob mir vorsichtig zwei Finger hinein und lächelte. Wieder griff er neben sich und holte etwas. Ich schrie auf, als ich einen Vibrator in mir fühlte, der sich in mir bewegte und mich massierte. „Kann ich davon ausgehen, dass es dir gefällt?" fragte er und ich konnte nur nicken. Jarrar griff wieder neben sich und hielt einen Analplug hoch. „Möchten Madam?" fragte er dann. Ich nickte schnell. „Wie heißt es dann?" fragte er. Ich holte Luft. „Bitte, gebe ihn mir" sagte ich dann. „Gerne, geliebte Frau" sagte er. Jarrar hob meinen Po an, suchte und fand. Dann schob er mir das Metallteil in den Po. Ich schrie auf, es fühlte sich so gut an. Ich bockte, ich hatte einen Orgasmus nach dem nächsten. Jarrar zog den Vibrator aus mir heraus und legte sich auf mich. Er schob sich in mich und begann sich sanft zu bewegen. Er genoss es. Anscheinend war seine Sehnsucht nach mir ebenso groß gewesen wie umgekehrt, konnte ich noch denken. Dann verabschiedete sich mein Verstand. Ich explodierte in einem Farbenmeer von Gefühlen. Ich riss und zerrte an meinen Fesseln, bockte und schrie. Jarrar legte mir die Hand auf dem Mund und kam tief in mir zum Höhepunkt. Dann lagen wir beide still im Bett. Keiner fähig, etwas zu sagen. Irgendwann rollte Jarrar sich von mir herunter und legte seine Hand besorgt auf meinen Bauch. „Alles in Ordnung?" fragte er dann unsicher. „Wenn du meine Hände frei machst, schon" keuchte ich kurzatmig. Jarrar befreite mich und legte die Spielzeuge beiseite. Dann ließ er sich wieder neben mir nieder.

„Du hast alles umgebaut. Ich liebe es" sagte ich endlich. Jarrar nickte. „Ich habe immer die Hoffnung gehabt, du würdest erkennen, wie sehr ich dich liebe und brauche. Ich hoffte, du würdest zurück zu mir kommen. Deshalb ließ ich alles umbauen. Es sollte fertig sein, wenn du kommst. Doch dann kamen nur diese ganzen Fotos von JJ, mehr nicht. Ich wollte nicht mehr warten. Ich wollte wirklich abdanken und zu dir kommen" erklärte er mir dann. Ich strich ihm das lange Haar aus dem Gesicht und nickte. „Ich hätte gleich mit dir zurückkehren sollen. Als Gaby und Jamal mich anriefen, war ich geschockt. Du wolltest mir zuliebe auf das Königreich verzichten!" sagte ich. Jarrar griff meine Hand und küsste jeden einzelnen Finger. Dann ließ er sich zurückfallen. Wir beide schwiegen eine Weile.

Es würden immer Probleme auftreten, das wusste ich. Kein Leben lief in geordneten Bahnen. Jarrar und ich würden noch so manchen Streit ausfechten. Doch die Liebe dieses Mannes, der auf sein Königreich mir zuliebe verzichten wollte, war es wert. „Ich liebe dich, Jarrar" flüsterte ich heiser. „Ich weiß" sagte Jarrar. Er zog mich glücklich an sich. „Wir haben noch eine Stunde, bis man uns JJ wiederbringt, lass uns etwas schlafen" flüsterte er. Ich nickte und kuschelte mich an ihn.

Epilog

Ich lag auf einer Decke und beschäftigte die Zwillinge, während Jarrar hinter JJ herlief, der mit seinem neuen Dreirad die Wege auf dem Campingplatz unsicher machte. Lachend sah ich zu, wie Jarrar seinen Sohn einfing und ihm hochhob. JJ schrie wütend. Er wollte weiter mit dem Dreirad fahren. Doch, da es jetzt 15 Uhr war, durften die Autos hier wieder fahren und es war Jarrar zu gefährlich. Ich konnte es gut verstehen. JJ schrie seine Wut laut heraus. Sofort setzten seine beiden Schwestern mit ein. Die Mädchen liebten ihren großen Bruder abgöttisch. Sie beruhigten sich erst, als Luna über den Hof gelaufen kam und sich zu ihnen setzte. Sofort waren alle drei Kinder beschäftigt, den Hund zu streicheln. Jarrar seufzte dankbar auf.

Zufrieden sah ich meine Familie an. Das Volk hatte gefeiert, als ich zwei wunderschönen Prinzessinnen das Leben geschenkt hatte.

Jarrars Cousin hatte die Vaterschaft von Jarrar angezweifelt. Doch ein weiterer Test belehrte den Mann eines Besseren. Die Thronfolge war gesichert. Drei wunderbare Nachfolger waren mehr als genug, hatte Jarrar gesagt.

Jetzt machten wir Urlaub. Wir waren bei Onkel Theo und genossen die warme Sonne, das unbekümmerte Leben, weit abseits des Palastes und den Traditionen. Hier konnten die Kinder unbeschwert toben, oder nackt im Planschbecken sitzen, ohne Papparazzi zu befürchten. Weit abseits standen Bodyguards. Ich seufzte, konnte Jarrar allerdings verstehen. Das offene Gelände lud geradezu zu Verbrechen ein. Er hatte Patricias Aktion nie vergessen, ebenso wie ich. Wieder schüttelte ich mich, als ich an die Frau zurückdachte. Was sie wohl tat? Jarrar hatte sie des Landes verwiesen und ihre Konten einfrieren lassen.

„Sie sitzt übrigens im Gefängnis" sagte Jarrar jetzt, so als habe er an dasselbe gedacht. Verwundert hob ich meinen Kopf. Das hatte er mir nie erzählt. „Sie hat versucht, wieder ins Land zu kommen. Sie hat deine Worte nicht ernst genommen. Patrica wollte in den Palast, um mich umzustimmen. Sie wurde umgehend verhaftet." sagte Jarrar weiter und reichte den Zwillingen die Schnuller. Beide Mädchen kuschelten sich an ihn und schliefen schnell ein. Auch JJ gähnte nun herzhaft. Mein Mann erhob sich und nahm die Mädchen auf den Arm. Ich reichte JJ die Hand. Wir gingen zurück zu meiner kleinen Hütte.

„Was hältst du davon, wenn wir die Kinder schlafen legen und für eine Stunde in die 85 verschwinden, Königin?" fragte er dann schmunzelnd. Ich nickte erregt. Mir wurde schlagartig heiß. Suri kam uns entgegen und nahm JJ hoch. Ich sah, wie Jan sich nun davon machte und unterdrückte ein Lachen. Mein lieber Jan, verstand sich außerordentlich gut mit meinem Kindermädchen. Suri hatte sehr viele deutsche Worte von ihm gelernt. Ich bezweifelte, dass Suri mit uns zurückkehren würde. „Ich fürchte, wir müssen uns nach einem neuen Kindermädchen umsehen, wenn wir Zuhause sind" flüsterte ich Jarrar ins Ohr. Mein Mann lächelte und nickte.

„Irgendwie habt ihr Deutschen eine magische Anziehungskraft auf uns armen Barmyliner" seufzte er laut.